La magie de l'amour

LILY PADIOLEAU

Retrouvez-moi sur Instagram
@lily.padioleau.auteure 

Couverture par Lily Padioleau.

Cette œuvre est purement fictive.
Tous les personnages ainsi que les lieux ont été imaginés par l'auteure.

Tous droits de traduction, d'adaptation et de reproduction interdits.

Édité par : Lily Padioleau
ISBN version papier : 978-2-492237-13-3
13,99 Euros
Dépôt légal 2020
Imprimé à la demande par Amazon.

<u>DE LA MÊME AUTEURE SUR AMAZON :</u>

Jenna Tome 1
Jenna Tome 2

Dark Road – La descente aux enfers

La magie de l'amour

Rose Delgado - The Blood Queen
Anton Medvedev – The Blood King
Rose & Anton – Fight for the Blood Throne

Josh Park – Un passé torturé

Échange (pas vraiment) Standard

Merci à ma sœur Elisa, Océane et Valou pour la bêta lecture.

Merci à Tiphaine pour l'aide à la correction.

Voyez ce roman comme un bonbon de Noël, une histoire tendre qui vous transportera dans le plus doux des rêves.

Ce livre est un bonbon, un chocolat chaud, une part de tarte aux pommes, une douce sucrerie qui fond sur la langue.

Si vous lisez ce roman au moment de sa sortie : attrapez une boisson fraîche, mettez-vous en maillot de bain et plongez-vous dans la magie de Noël avec un petit peu d'avance.

Si vous lisez ce roman en hiver : enroulez-vous dans un plaid, faîtes-vous chauffer une tasse de chocolat chaud et laissez l'esprit des fêtes envahir votre esprit.

LA MAGIE DE L'AMOUR

Chapitre 1

MARY JONES

Le son strident de mon réveil me tire du sommeil. Je regarde l'heure, m'étire et me lève sans perdre une minute. Je n'ai pas le temps de traîner, une heure dans ma vie vaut dix mille euros, pas question de perdre une seconde.

Je file vers la salle de bain, je retire ma nuisette en satin et fonce sous la douche. L'eau chaude me détend, fait du bien à mes muscles douloureux. J'apprécie ces courtes minutes, mais je ne m'attarde pas. Enroulée dans ma serviette épaisse, je vais chercher ma tenue du jour.

Mon dressing est immense, à l'image de mon appartement. Il contient toutes sortes de vêtements, de toutes les couleurs possibles. Pourtant, comme chaque matin, je porte mon choix sur un tailleur noir, simple et efficace. Si habituellement, j'enfile une chemise satinée, les températures actuelles ne me le permettent pas. Je choisi donc un pull en cachemire rouge.

Je retourne dans la salle de bain, maquille légèrement mes yeux d'un trait fin, ma bouche d'un rouge profond et sèche mon carré noir très rapidement. Mes cheveux sont courts, ce qui me permet d'être prête très vite. Mes escarpins de marque aux pieds, je descends à la cuisine où m'attend déjà mon café.

Sur le meuble du salon, j'attrape ma tablette dernier cri et continue mon chemin sans décrocher mes yeux de l'écran. Je prends place en face de la tasse fumante que mon employée a déposée sur la table. Sans un mot, je remue le café et continue de scruter l'écran, analysant le cours de la bourse. Mes actions se portent assez bien et mon entreprise tourne à plein régime, très bien. Je termine mon café d'une traite, puis je le repose sur la table. Je regarde l'heure sur ma Rolex : sept heures trente-cinq. Je file.

Mon manteau noir sur le dos, mon sac à main en cuir sur l'épaule, je rejoins l'ascenseur de mon building. Le nouveau de l'étage du dessus est dans la cabine et quand je le rejoins, son regard ne me quitte pas. Même sans lever les yeux de mon téléphone, je sais qu'il me matte. Il n'est pas trop mal, peut-être que j'en ferais mon quatre heures. Je préfère largement les hommes un peu plus âgés, mais pourquoi pas.

Les cinquante étages sont rapidement avalés par l'ascenseur de métal, je suis très vite au rez-de-chaussée. Avant de sortir de là, je fais savoir à mon nouveau voisin qu'il a une chance. Je me tourne légèrement vers lui et lui fais un clin d'œil plus qu'aguicheur. Je crois bien que j'ai perturbé le petit brun, il ouvre de grands yeux ébahis et laisse même les portes se refermer sur lui sans sortir de l'ascenseur.

Ma voiture m'attend déjà, mon chauffeur ouvre la porte et je monte silencieusement dans le véhicule noir. Le trajet jusqu'à mon bureau pourrait être plus rapide si Orkney n'était pas la ville dont le trafic est le plus élevé de tout le pays. Je déteste perdre mon temps.

Par la vitre, j'aperçois déjà les décorations de Noël et mon estomac menace de me sortir par la bouche. Je baisse les yeux sur mon téléphone et je commence à lire mes mails, ce que j'y découvre ne me plaît pas du tout. Rapidement, mon humeur se transforme et je suis terriblement agacée.

Ce qu'il faut savoir avec moi, c'est que je n'ai pas d'intermédiaire. Je passe du froid au chaud, du noir au blanc, de rien à tout. Le nouveau modèle de manteau n'est toujours pas au point, ça ne va pas. Quand j'arriverai au bureau, il faudra que je remédie à tout ça. Les équipes ne vont pas assez vite, je dois présenter une nouvelle ligne très rapidement et je tiens à ce que tout soit parfait.

Un second mail attire mon attention et fait atteindre à mon agacement son apogée. Apparemment, le futur collaborateur de Jones Entreprises hésite à signer avec nous, avec moi. Je vais perdre patience. Où pourrait-il trouver mieux que Mary Jones pour son centre commercial ? Comme à chaque fois que je suis énervée, je commence à remuer ma jambe et à serrer les dents. Bien sûr, les flocons clignotants, les étoiles scintillantes et les sapins artificiellement enneigés n'aident pas à m'apaiser.

Le rendez-vous est à neuf heures, j'appelle l'un de mes nombreux assistants.

— Christopher, j'ai besoin que tu vérifies avec Angela que tous les documents sont en ordre pour la réunion de neuf heures.

— C'est fait mademoiselle Jones, j'ai tout préparé et organisé dans les pochettes. Comme vous me l'avez demandé.

— Bien.

Je n'ajoute pas un mot de plus, je raccroche. Je n'ai pas besoin de m'étendre, j'ai dit ce que j'avais à dire.

Quelques minutes plus tard, me voici enfin arrivée devant mon building. Les portes s'ouvrent devant moi, tout le monde sait à quel point je déteste perdre du temps. Le seul building d'Orkney sans décoration de Noël, je commence à m'apaiser légèrement.

À l'intérieur, je suis déjà attendue par une autre de mes assistantes, Angela. Elle me tend un café et me suit jusqu'à l'ascenseur. Comme tous les matins, elle me fait le topo de la journée :

— Bonjour, mademoiselle Jones. Les dossiers sont bouclés pour la réunion de neuf heures, vous avez une table réservée pour votre déjeuner au Palace, les équipes sont prêtes à vous présenter les nouveaux designs de la collection à quatorze heures et vous avez rendez-vous avec l'organisatrice de la soirée de ce soir à seize heures pour une dernière vérification.

— Bien. Contactez le service textile, je veux faire le point avec eux.

— Très bien mademoiselle Jones. À quel moment souhaitez-vous les voir ?

J'ouvre mon agenda sur mon téléphone, le même qu'elle vient de m'énoncer. J'ai besoin de visualiser les trous dans cette journée, même s'ils ne sont pas nombreux. Je lui donne vite ma réponse :

— Après la réunion de neuf heures.

L'ascenseur s'arrête au soixante-dixième étage, mon étage. Mon assistante me suit de près et enregistre déjà le rendez-vous que je viens de lui demander. Elle n'a besoin d'appeler personne, de demander les disponibilités de personne, elle n'a qu'à rajouter l'heure et le lieu dans l'agenda partagé. Ici, je ne me plie pas aux disponibilités des employés, ils se rendent disponibles pour moi.

Je marche avec assurance jusqu'à mon bureau et passe devant celui de tous ceux qui ont la chance de travailler à mon étage. Ceux qui sont ici ont été minutieusement sélectionnés et je ne doute pas de leurs compétences. Mes talons claquent sur le marbre clair, ce son annonce mon arrivée et généralement, tout le monde se tient prêt à répondre à mes demandes. Une fois devant la porte vitrée de mon bureau, je me tourne et dit assez fort :

— Christopher dans mon bureau, Lise et Marion, je veux votre rapport sur les ventes textiles du mois dernier.

Ils se lèvent et je rentre dans mon bureau. Je pose mon manteau, m'installe dans mon immense fauteuil blanc et avale une longue gorgée du liquide chaud qui m'a été remis en bas. Un dossier est déjà posé face à moi, celui que j'attends de consulter depuis mon réveil.

Je l'ouvre au moment où Christopher entre dans mon bureau. Il est suivi par les deux jeunes femmes qui s'occupent de mes rapports de vente. Cet homme ressemble plus à un enfant qu'autre chose tant il est petit et maigre, mais il est très intelligent et répond à toutes mes demandes à la perfection. J'analyse le dossier tandis qu'il me détaille les chiffres que j'y lis. C'est la proposition de contrat pour monsieur Kahn, le directeur des centres commerciaux que je vise. Je l'écoute attentivement et retiens tous les points importants qui sont sous mes yeux. Ma mémoire est infaillible, quand Christopher a terminé, je connais déjà les chiffres qui parleront à l'homme que je vais rencontrer. Je dis à mon assistant :

— Bien, vous viendrez avec moi pour présenter ce nouveau contrat à monsieur Kahn.

— Merci, mademoiselle Jones.

Il peut me remercier, je lui offre une opportunité en or. En rencontrant ces gens, en faisant partie d'une réunion aussi importante, je lui ouvre des portes. Je referme le dossier, mon assistant a déjà quitté la pièce.

Je tourne la tête vers les deux jeunes femmes qui me font face. L'une d'elle, Lise je crois, me tend un nouveau dossier. Je l'ouvre et j'attends qu'elle me parle. Mais rien ne vient, je vais vraiment perdre patience. Je dis un peu sèchement :

— Eh bien ? Vous attendez quoi ?

En bégayant, la rouquine me dit :

— Pardon, mademoiselle Jones. Sur la première page vous trouverez le chiffre d'affaire total pour le mois d'octobre, ensuite, nous avons tout détaillé par catégorie.

La petite blonde, Marion, prend la parole à son tour :

— Nous avons préparé des tableaux pour chaque type de vêtement. Vous avez accès à toutes les recettes directement sur ces quelques pages.

— Bien.

J'analyse rapidement les graphiques et je suis satisfaite. Les chiffres sont bons, même meilleurs que le mois de septembre. Tout est correct. Les deux jeunes femmes ont bien travaillé, j'ai demandé ces pages hier et je les ai en main ce matin. Très bien. Je suis douée pour repérer les bons employés. Avec ce système, je peux visualiser l'argent qu'a rapporté ma ligne de vêtements en un clin d'œil.

Je referme le dossier et donne un petit travail en plus aux deux jeunes femmes avant de les laisser rejoindre leur bureau :

— Je veux que vous fassiez de même avec la ligne de cosmétiques et avec les appartements. Procédez différemment pour les locations, je veux que ce soit trié par type de logement.

En chœur, elles me répondent :

— D'accord, mademoiselle Jones.

Enfin seule dans mon bureau, je pousse un soupir de soulagement. Même s'il me reste ce problème de manteau à régler, tout se passe bien pour le reste. Mes ventes sont en constante augmentation, mon entreprise continue de brasser énormément d'argent. Elle est la plus rentable du pays, et je n'en suis pas peu fière. À 29 ans, j'ai accompli ce que beaucoup rêvent toute leur vie en secret. Ma fortune donne le tournis à un millionnaire, je gère plusieurs domaines différents et je possède une bonne partie des buildings d'Orkney. Être multi milliardaire à mon âge, c'est peu courant. Même dans une ville comme celle-ci où le business est florissant et où l'argent se dépense sans compter.

Il me reste encore quinze minutes avant le rendez-vous avec monsieur Kahn. Je termine mon café et prépare mentalement mon argumentaire. Ne sachant pas rester en place, je me lève et fais les cent pas dans mon immense bureau.

Cet homme est têtu, il me faudra user de mes charmes pour obtenir ce contrat. Même s'il est en béton et que les chiffres lui promettent de gagner beaucoup d'argent. En signant avec lui, je suis assurée de distribuer ma nouvelle ligne de vêtements de prêt-à-porter à travers tout le pays.

Je reprends place derrière mon bureau, relis quelques lignes du dossier et me voilà fin prête. Je ne doute pas, ce contrat sera bel et bien signé.

Je croise les jambes sous mon bureau en bois laqué, avec autorité et puissance, je me prépare à gagner encore plus d'argent.

Chapitre 2

MARY JONES

Cette journée fût très productive. Un nouveau contrat de signé, une nouvelle ligne de vêtements au point et prête à voir le jour et une soirée qui s'annonce mémorable. Et pour qu'elle le soit, il me faut la tenue parfaite. En sous-vêtements, je regarde attentivement les quatre tenues que me présente ma styliste personnelle.

Avec la main sur le menton, je réfléchis longuement à l'image que je souhaite montrer ce soir. Je demande :

— C'est tout ce que vous avez ?

— Oui, mademoiselle Jones, j'ai choisi ces tenues en fonction du thème de la soirée.

Je suis un peu déçue. Je n'ai le coup de cœur pour aucune. J'en fixe une du regard et me visualise dedans, elle fera l'affaire :

— Bon... je veux celle-ci.

Je pointe du doigt le fourreau de velours noir. Rapidement, Karen range les trois autres robes et laisse mon choix sur le cintre en satin, accrochée au portant doré. Le décolleté a l'air profond, comme je l'aime. Les manches sont longues, comme la robe qui se termine au niveau des chevilles. Les escarpins sertis de diamants s'y assortiront parfaitement.

Après avoir choisi ma robe, je dois choisir mes bijoux. Devant moi maintenant, posées sur mon lit, trois boites noires. Ouvertes, elles me présentent de belles parures de diamants. Mon choix se porte très vite sur un collier majestueux. Il est assez imposant et les diamants étincelants forment de belles étoiles. Les boucles d'oreilles sont un peu plus petites mais tout aussi belles. Une étoile de diamants sur chaque lobe.

Maintenant que j'ai choisi ma tenue complète, je m'installe sur une chaise face à un grand miroir de ma chambre. Ma maquilleuse et ma coiffeuse s'activent sur ma tête et je profite de ce moment pour fermer les yeux et me laisser aller à ce moment de détente. C'est la première fois de la journée que je peux me poser un peu.

En moins de temps qu'il n'en faut pour le dire, me voilà sublimée par Amy et Lina. Pour mes looks de soirée, je ne confie mon image qu'à elles.

J'ouvre les paupières et me découvre. Mes yeux verts ressortent à la perfection grâce au dégradé de gris et de noir et ma bouche pulpeuse rehausse mon teint pâle grâce à un gloss au rouge profond. Mes cheveux noirs comme le charbon sont légèrement bouclés et remontés d'un côté à l'aide d'une broche de diamants. Je peux sembler un peu narcissique, mais j'aime ce que je vois.

Je me scrute une minute, puis je me lève et j'adresse un léger sourire à mes employées. Je n'ai pas besoin d'exprimer ma reconnaissance, le salaire que je leur verse suffit amplement à les remercier. J'enfile la robe avec l'aide de ma styliste et pars en direction de mon dressing pour enfiler les chaussures et me regarder de la tête aux pieds. J'ai la chance de mesurer un mètre soixante-dix et mes jambes interminables m'offrent une silhouette de rêve. Ma poitrine bien ronde tient parfaitement, même sans soutien-gorge, j'arbore un magnifique décolleté.

Je continue à me détailler en me tournant légèrement pour voir mes fesses. Grâce à mes nombreuses séances de sport, mon fessier est bombé et musclé, il fera son petit effet comme toujours. Je me souris à moi-même, je suis certaine de ne pas rentrer seule ce soir encore.

Quand je retourne dans ma chambre, plus aucune trace des trois femmes qui se sont occupées de moi. Elles savent que je déteste quand les choses traînent et ont l'habitude maintenant de plier bagage très vite. J'attrape la pochette en argent posée sur mon lit et y glisse mon téléphone.

Je descends au salon, là où m'attend mon manteau de fourrure. Le calme règne chez moi, tout est clair et d'un blanc éclatant du sol au plafond. À part quelques meubles gris et noirs, il n'y a aucune couleur ici. Je n'ai pas envie de m'encombrer en décoration, de toute manière je ne suis pas là souvent. Tandis que j'attrape mon manteau, je me surprends à penser au voisin croisé ce matin. Je suis sûre que si je le croise dans cette tenue, ce sera lui mon jouet du soir. On verra bien qui m'occupera cette nuit. En attendant, je sors de chez moi et monte rapidement dans la limousine qui m'attend déjà.

Ce soir, je présente un nouveau parfum qui vient agrandir ma collection. Au rendez-vous donc : tout le gratin d'Orkney, stars de tous milieux confondus, grands entrepreneurs et collaborateurs et quelques invités triés sur le volet. J'ai l'habitude de ce genre d'évènements, j'en organise très souvent. Je ne m'encombre pas des détails, je me contente de dresser la liste de mes exigences à l'une de mes assistantes, puis de valider le travail effectué.

Dernièrement, Angela a fait ses preuves en répondant à la perfection à toutes mes demandes, c'est donc elle qui est en charge de l'organisation ce soir. Elle est consciente de la chance qu'elle a de travailler pour moi et met donc tout en œuvre pour me satisfaire. Très bien. C'est exactement ce que j'attends de mes employés.

Quand la limousine s'arrête, la portière s'ouvre sur un tapis rouge entouré de photographes et autres curieux espérant voir du beau monde. Je me prête au jeu et arbore un sourire lumineux. Je ne m'attarde pas et rejoins assez vite l'intérieur du building.

La salle est déjà pleine de monde, j'ai à peine le temps d'attraper une coupe de champagne que je suis assaillie de toutes parts. L'homme qui me fait face est un de mes collaborateurs. Un vieux pervers qui ne quitte pas mes seins des yeux. J'ai l'habitude qu'il se comporte de cette manière, tant qu'il ne me touche pas, je le laisse profiter du spectacle.

Le temps passe assez vite et la soirée se déroule à merveille. Il est l'heure pour moi de monter sur scène pour présenter mon nouveau parfum. Je m'approche des quelques marches qui me feront rejoindre l'estrade quand mon regard se pose sur l'un des serveurs. Je m'immobilise afin de profiter de la vue.

L'homme que j'ai sous les yeux est tout à fait à mon goût. Il est grand, musclé à en croire sa chemise bien tendue et sa barbe fournie ainsi que ses cheveux remontés en un chignon bien serré me plaisent beaucoup. C'est lui que je veux. Je termine mon verre d'une traite m'imaginant déjà en train de le chevaucher. Je pose mon verre vide sur un plateau qui passe à côté de moi et je monte sur scène. Face à un pupitre, je m'adresse à mes invités :

— Bonsoir à tous ! Je suis très heureuse de vous voir ici ce soir ! Je sais ce que vous attendez tous, je ne vais pas vous faire patienter très longtemps, c'est promis. Avant toute chose, je tiens à vous remercier d'être venus si nombreux ce soir. Ce nouveau parfum a été élaboré avec l'aide précieuse de plusieurs équipes, et je suis très fière de vous présenter ce soir... L'aurore !

Le rideau rouge derrière moi se lève pile au bon moment et dévoile un écran géant sur lequel apparaît le flacon. Je me décale légèrement et laisse à la salle l'opportunité d'admirer mon travail. Tout me plaît dans ce design, de la forme du flacon aux couleurs orangées qui accompagnent la publicité. La salle applaudit, j'ai presque gagné. Deux jeunes femmes arrivent, portant à bout de bras des paniers contenant le parfum.

— Ces demoiselles vont passer pour vous distribuer un exemplaire à chacun. Un petit cadeau pour vous faire découvrir la fragrance sur laquelle nous avons travaillé.

L'intégralité de la salle applaudit de plus belle, j'ai gagné.

Je descends de scène et regarde rapidement l'endroit où se trouvait le serveur il y a quelques minutes, il n'est plus là. Hors de question de laisser filer cet apollon, je le chercherai plus tard.

En attendant, je serre les mains que l'on me tend et remercie tout le monde pour les félicitations. Je souris démesurément et accueille avec plaisir toutes les phrases de félicitations, mais mon esprit est resté bloqué sur le serveur. Quand enfin l'une des tops modèles les plus connues du pays me laisse un peu d'air, j'en profite pour m'éclipser.

Je me dirige vers les toilettes, déterminée à me refaire une beauté avant d'aller trouver l'homme au chignon. Dans le miroir, mon apparence me plaît toujours autant. Je remets un simple coup de gloss sur ma bouche pulpeuse et réajuste mon décolleté. Impossible de dire non à une femme comme moi. Ce soir, je ne rentre pas seule.

Quand je sors des WC, je ne mets pas longtemps à repérer ma cible. Je me dirige vers lui, d'un pas assuré. J'ai fait ça mille fois, je sais exactement ce que je fais.

Je m'approche et attrape une coupe de champagne sur le plateau qu'il tient, je lui dis :

— C'est la première fois que je vous vois, tout se passe bien ?

La voix grave qui me répond m'arrache un frisson :

— Oui madame, très bien. Je peux faire quelque chose pour vous ?

Je suis directe, je n'ai pas de temps à perdre avec toutes ces conneries de séduction :

— Oh, je suis sûre qu'il y a beaucoup de choses que vous pourriez faire pour moi... ou avec moi...

Je ponctue ma phrase d'un clin d'œil aguicheur et mordille sensuellement ma lèvre inférieure. La réaction du serveur n'est pas à la hauteur de ce que j'attendais. Son visage se ferme, qu'est-ce qui lui prend ? Il me répond :

— Si vous n'avez pas besoin que je vous amène à manger ou à boire, je vais vous laisser et m'occuper des autres personnes.

Je reste sans voix, j'ai du mal à en croire mes oreilles. C'est la première fois de ma vie qu'un homme se refuse à moi de cette façon. Il ne reste que quelques secondes, attendant probablement ma réponse, mais je suis incapable de dire quoi que ce soit. Je suis tellement choquée que je reste là, sans parler, sans bouger, quand il s'éloigne de moi.

Personne n'a jamais refusé de coucher avec moi, pas même les multiples hommes mariés que j'ai ramenés dans mon lit. Je ne sais même pas si je dois insister un peu ou le laisser filer. Cet homme m'attire vraiment, sa voix grave m'a donné un tas d'idée cochonnes que je ne pourrais satisfaire seule.

Je n'ai pas le temps d'y réfléchir plus qu'un tas d'autres personnes vient m'accoster. Je discute avec une amie actrice, quand mon regard est de nouveau attiré par ce serveur. Il est de dos et le pantalon à pinces qu'il porte me donne le loisir d'admirer ses fesses. Il est vraiment bien foutu ce mec, même au travers de ses vêtements, je devine sa musculature imposante. Je l'imagine nu et prêt à me donner une nuit de sexe intense. Un frisson traverse mon corps de nouveau. Scarlett me sort de ma rêverie :

— Alors, t'en penses quoi ?

— Hmm, pardon tu disais ?

Je reporte vite mon attention vers la blonde en face de moi, mais elle a compris que j'étais ailleurs.

— Tu rêvais à quoi ? Ou plutôt à qui ?

— Oh personne, j'étais en train de penser à cette soirée. Elle est réussie, non ?

— Comme toutes tes soirées Mary, tu ne fais rien à moitié.

Je la remercie et repose ma question :

— Alors, tu parlais de quoi ?

— Je te disais que j'ai eu une proposition pour un film d'action. Je dois jouer le rôle d'une espionne, tueuse à gages et super héroïne, quelque chose dans le genre. Avec tenue spéciale et tout ce qui va avec, t'en dis quoi ?

— Ça a l'air intéressant, le tournage commence quand ?

Je me force à écouter Scarlett, mais mon esprit n'y est pas. Je ne l'ai vu qu'une minute, je n'ai entendu que quelques mots de sa part, mais je n'arrive plus à me l'enlever de la tête. Il va pourtant falloir que je trouve quelqu'un d'autre pour m'amuser cette nuit. Puisqu'il ne veut pas de moi ce soir, un autre le remplacera. Ce ne sont pas les options qui manquent. Je ne renonce pas, je sais qu'il craquera un jour, quitte à attendre un peu.

La soirée se termine et je jette mon dévolu sur l'un des invités. Un grand brun aux cheveux courts. J'aurais préféré plonger mes mains dans les cheveux longs de monsieur muscles, mais je me contenterai de celui que j'ai déniché pour une nuit de sexe dans lendemain.

Chapitre 3

SAM THOMPSON 

J'ajuste le nœud papillon qui complète ma tenue de serveur. Je suis beaucoup trop grand, je ne peux pas me voir entièrement dans ce miroir, mais ça fera l'affaire. Je ne dois absolument pas être en retard, je coiffe rapidement mes longs cheveux en un chignon bien tiré. Mes boucles m'empêchent de bien serrer le tout, alors je rajoute un peu d'eau à cette épaisse chevelure brune avant de repasser un coup de peigne.

Si habituellement mon apparence ne m'intéresse pas du tout, ce soir je dois être irréprochable. Même si je ne suis qu'un simple serveur, le thème de cette soirée exige une certaine tenue. En regardant ma chemise, je m'aperçois que les boutons sont prêts à sauter. Je passe mon doigt sur l'un d'eux, il faudrait que je trouve la taille au-dessus. Celle-ci est bien trop serrée. J'imagine que si j'éternue, je risque d'éventrer cette chemise. Je me surprends à rire tout seul.

J'attrape ma veste, ma sacoche usée et secoue la tête pour chasser ce fou rire. J'ai 29 ans et je suis hilare devant mon miroir. Je referme la porte de mon petit appartement et me dirige vers le métro le plus proche. Ce soir, le traiteur pour qui je travaille a été embauché pour une soirée très spéciale : le lancement d'un parfum de luxe. Je monte dans la rame et une fois installé, je sors mon téléphone pour surfer sur internet. Noël est dans un peu plus d'un mois, je commence à chercher les cadeaux parfaits pour mes neveux et ma filleule. Malheureusement, le réseau est pourri en bas et je n'arrive à ouvrir que deux liens avant que mon service soit indisponible. Tant pis, j'ai déjà quelques idées, je m'y pencherai plus tard.

Je range mon téléphone dans ma sacoche et patiente jusqu'à la station où je dois descendre. Après quinze minutes, je sors enfin de la rame bondée de monde. Mon mètre quatre-vingt-treize me permet de surplomber la foule d'une bonne tête et je me repère donc assez facilement dans cette marée humaine. Une fois dehors, je rejoins l'immeuble où je travaille ce soir. Mes autres collègues arrivent aussi et le chef s'apprête à nous donner les consignes. Fred est là et me fait signe :

— Salut mon pote, t'as trouvé une chemise à ta taille ?

Je ris à sa remarque et lui donne une légère tape sur l'épaule. Mon ami adore me taquiner sur ma carrure et c'est devenu un jeu entre nous.

— J'ai voulu t'en emprunter une, mais je l'aurais déchirée à coup sûr !

Fred rigole de plus belle. Il est bien plus petit que moi et assez fin, ce qui ne le complexe pas du tout, au contraire. Il porte sa main à l'épaule et fait semblant d'avoir mal :

— Arrête Hulk tu vas me péter le bras, j'en ai besoin pour ce soir.

Je lève les yeux au ciel et ris de plus belle. Le chef nous interrompt :

— Bonsoir à tous. Comme vous le savez, le contrat de ce soir est très important pour nous et la cliente est très exigeante. Je vous demande donc de donner le meilleur de vous-même.

Une jeune femme au chignon très serré murmure à sa voisine :

— Ouais une vraie connasse cette Mary Jones.

Je ne relève pas, je ne suis pas là pour juger qui que ce soit, encore moins une femme que je ne connais pas. Je reporte mon attention sur les recommandations du chef :

— Elle a demandé que les plateaux ne soient jamais vides, que les verres des invités soient toujours débarrassés au moment où ils sont vidés et surtout, elle tient à ce que tout le monde soit satisfait et ne manque de rien. Elle est très, très exigeante, mais si vous vous débrouillez bien, vous pourrez avoir un bon pourboire. Mademoiselle Jones paye très bien quand elle est satisfaite.

Ma vie ne se résume pas qu'au travail et à l'argent, mais ce pourboire serait bienvenu en cette période de fin d'année. Je ferai tout ce soir pour être à la hauteur des demandes de ma patronne d'un soir : Mary Jones.

Comme nous l'explique Will, si la cliente est satisfaite, elle fera de nouveau appel à son entreprise de traiteur, et donc par extension à nous. Si cette femme sollicite souvent la boîte pour laquelle je bosse, ils se feront vite un nom dans le milieu et seront embauchés pour beaucoup de soirées de ce genre. Les prestations qui payent le plus. Je n'ai pas l'habitude de ce milieu, en temps normal, je suis serveur pour des mariages, des baptêmes ou encore des anniversaires. Rien qui n'égale l'ampleur de l'événement de ce soir ni en termes d'invités, ni en termes de demandes.

Will termine son petit discours de motivation et nous partons tous à nos postes. Avant de recevoir les invités, il faut finir de préparer la salle. Je prends toujours mon travail très au sérieux, je ne veux décevoir personne. Je positionne les flûtes à champagne, je nettoie une dernière fois les plateaux en argent et je donne un coup de main à mes collègues pour disposer les nappes sur les mange-debout. L'heure approche, la salle est prête et moi aussi.

Ma principale mission n'a rien de compliqué, je dois servir les invités en champagne, whisky ou n'importe quelle autre boisson désirée. Avec le plateau sur la main, je déambule parmi les premiers arrivés avec aisance. J'ai l'habitude maintenant de porter ce genre de plateau sans renverser quoi que ce soit. Quand je croise quelqu'un dont le verre est vide, je le récupère. Quand on me demande une boisson, je la sers immédiatement. J'obéis au doigt et à l'œil, comme nous l'a conseillé Will. Je n'ai pas le temps de respirer, pas le temps de boire une seule gorgée d'eau pendant des heures.

Tandis que Mary Jones s'apprête à faire son entrée sur scène, j'en profite pour retourner en cuisine. J'attrape une petite bouteille d'eau fraîche et en avale la moitié d'une traite. Bon sang que ça fait du bien ! J'apprécie plus que d'habitude d'ingurgiter ce liquide frais et il me permet de repartir de plus belle.

Je retourne vite en salle pour continuer mon travail. Les applaudissements font vibrer mes oreilles, la présentation a fait grande impression. Je poursuis ma mission, je sers les invités et m'assure que tout le monde soit satisfait. Soudain, la cliente de ce soir arrive vers moi. C'est le moment pour moi d'être irréprochable et de faire mes preuves. J'inspire silencieusement, je n'ai jamais stressé pour un travail, mais le pourboire potentiel que je pourrais gagner, m'aiderait vraiment pour Noël.

J'arbore mon sourire le plus naturel, histoire de ne pas paraître trop intimidant. J'ai l'habitude d'impressionner les gens avec mon gabarit, mon sourire me permet d'atténuer un peu l'image que mon physique renvoie. Je mesure un mètre quatre-vingt-treize, j'ai les cheveux longs et je porte une barbe bien fournie. Un look qui a tendance à faire penser que je suis fermé, alors que c'est tout le contraire.

La chef d'entreprise attrape une coupe de champagne sur mon plateau et me dit :

— C'est la première fois que je vous vois, tout se passe bien ?

Je n'hésite pas et lui réponds avec assurance :

— Oui madame, très bien. Je peux faire quelque chose pour vous ?

J'espère que mon initiative de la satisfaire lui fera plaisir. La réponse de la jeune brune ne se fait pas attendre :

— Oh, je suis sûre qu'il y a beaucoup de choses que vous pourriez faire pour moi... ou avec moi...

Je ne m'attendais pas du tout à ce que ma patronne d'un soir m'allume de cette manière. Elle mordille sa lèvre et m'offre un clin d'œil plus qu'aguicheur. Cette femme a beaucoup trop d'assurance, comme si personne ne lui avait jamais rien refusé.

Pourtant, je ne suis pas enclin à céder à ses avances. Je ne suis pas là pour ça et il est hors de question d'être traité en bout de viande. Avec beaucoup de diplomatie, je lui dis :

— Si vous n'avez pas besoin que je vous amène à manger ou à boire, je vais vous laisser et m'occuper des autres personnes.

Je reste quelques courtes secondes, dans l'espoir qu'elle s'excusera et me laissera partir. Mais elle ne dit rien. Alors, je m'éloigne et poursuis mon travail. Tandis que je débarrasse verres et petites assiettes, je repense au pourboire. Aucun doute possible, je ne l'aurai pas. Je pense que mon refus à mademoiselle Jones m'enlèvera ce privilège. Tant pis, même pour tout l'argent du monde je ne vendrai ni mon corps ni ma dignité.

Quand la soirée se termine, nous nous affairons tous à ranger la salle et Fred vient vers moi :

— Alors, tu t'en es sorti ?

— Pas trop mal, j'ai mal aux joues à force de sourire, mais c'était plutôt sympa.

— Tu m'étonnes ! J'ai des crampes tellement je me suis forcé !

— Oh arrête ce n'était pas si terrible, ils étaient assez sympas dans l'ensemble tous ces riches.

On explose de rire en chœur tout en pliant les nappes. Mon ami me répond :

— T'as raison, je n'ai pas entendu un seul merci de toute la soirée ! Ça change des prestations qu'on fait d'habitude, hein ?!

— Ça tu l'as dit ! Mais, c'est mieux payé et qui sait, peut-être que tu auras un bon pourboire.

— Ouais, on a plutôt assuré, c'est dans la poche mon vieux !

Fred lève la main en l'air et je tape dedans, mais mon sourire n'y est pas.

— Je crois que pour moi, c'est mort...

— Pourquoi ça ? Je t'ai aperçu t'as fait tout ce qui était demandé.

— Ouais mais... j'ai en quelque sorte refusé les avances de Mary Jones...

Mon ami manque de faire tomber les quelques verres qu'il tient en main. Il les range et me dit :

— De quoi ?! Mary Jones t'a fait du rentre dedans ? Mais... Mais comment t'as pu refuser ça ?! De ce que j'ai entendu c'est une véritable cannibale !! Elle change de mec comme de petite culotte !

À mon tour, je range la vaisselle dans les caisses prévues à cet effet. Je ne contiens pas mon rire et tente de lui répondre malgré mon hilarité :

— Eh bien tu vois, j'ai bien fait de refuser. Je n'ai pas vraiment envie d'être un énième nom sur une liste.

— Mais qu'est-ce que t'en as à foutre mec ?! T'as vu comme elle est foutue ? C'est une bombe atomique cette femme !

— Fred, tu sais que je ne suis pas comme ça. Elle est très jolie c'est vrai, mais le physique ce n'est pas mon truc. Si je n'accroche pas avec sa personnalité, elle ne m'intéressera jamais. Puis, sa façon de me faire des avances... ça ne m'a pas plu du tout.

Nous apportons les caisses en cuisine et poursuivons la discussion :

— Dommage, je suis sûr que tu passes à côté d'un truc de dingue ! En tout cas, si elle m'avait fait des avances à moi, je n'aurais pas dit non !

J'explose de rire et c'est dans la bonne humeur que je termine mon service. Fred est mon meilleur ami, pourtant, nous n'avons pas grand-chose en commun. Physiquement, il est beaucoup plus petit que moi, il est blond aux cheveux courts et plutôt fin. Concernant les femmes, Fred ne s'attarde absolument pas sur les sentiments, il prend ce qu'il a à prendre et repart. Pour ma part, je préfère connaître une femme avant même de me demander si son physique me plaît. Le corps est secondaire, il change avec le temps. Les sentiments, eux, peuvent rester inchangés pour l'éternité. Et puis, je respecte trop les femmes pour ne serait-ce qu'imaginer me servir d'elles pour mon plaisir physique. C'est sans doute la raison pour laquelle je suis toujours célibataire. Dans une ville comme Orkney, les femmes ne prennent plus le temps de discuter, de s'ouvrir aux autres. Tout doit aller vite, tout doit se faire dans la précipitation, quitte à se perdre en chemin.

Il est presque trois heures du matin quand je rentre dans mon appartement. Je retire mon costume et le jette dans la machine à laver, puis je m'installe dans mon lit. La soirée repasse dans ma tête et je prie silencieusement pour obtenir, malgré tout, mon pourboire. Avec cet argent, je pourrais doubler la dose de cadeaux pour ma famille.

Chapitre 4

MARY JONES

Le soleil inonde ma chambre. J'ouvre les yeux avec beaucoup de difficulté ce matin. La fin de soirée fût riche en efforts physiques et j'en paye le prix. Je tourne la tête et la vision du dos griffé de mon jouet d'hier soir confirme le niveau de sportivité de cette nuit. Finalement, il n'était pas si mal.

Enroulée dans mon drap blanc, je me redresse et attrape mon téléphone. Il est huit heures précises. Je me lève et file sous la douche, tout en espérant ne pas avoir à préciser à l'homme endormi qu'il doit partir. Ce moment reste toujours le plus gênant, même après des années de pratique. La plupart comprennent d'eux-mêmes qu'ils doivent quitter les lieux le matin venu. Mais certains s'invitent jusqu'au petit déjeuner, ce qui a le don de m'agacer. Si je voulais prendre le petit déjeuner avec un homme, je serais mariée. Je ne veux aucune attache, aucun homme qui vienne perturber ma petite vie bien rythmée.

L'eau chaude qui vient à la rencontre de ma peau me fait du bien. Je relève la tête et la laisse engloutir mon corps légèrement endolori. Une pensée me traverse malgré moi : qui était ce serveur au chignon ? Malgré la folie de mes ébats d'hier soir, je ne peux m'empêcher de repenser à cet homme et à ce que j'aurais pu faire de lui. Je n'ai jamais obtenu de refus à mes avances, mais je n'ai jamais autant désiré quelqu'un. Serait-ce le fait qu'il se soit refusé à moi qui me donne autant envie de lui ?

Un frisson parcourt mon corps dans son intégralité. Comment peut-il me donner envie alors qu'il n'est même pas là ? Je descends ma main le long de mon ventre, caresse ma peau réchauffée par l'eau et m'aventure plus bas. Si l'eau a bien mouillé mon corps, cette partie de moi n'a pas eu besoin d'aide pour s'humidifier. Je passe mes doigts entre mes replis humides et trouve rapidement mon clitoris. Je n'ai qu'à penser à ce mystérieux serveur et l'envie s'intensifie. L'imaginer cheveux détachés au-dessus de moi m'excite beaucoup. Il ne m'en faut pas plus pour rapidement gémir de plaisir grâce à l'orgasme que je m'offre. On n'est jamais mieux servi que par soi-même.

Je sors de la douche, me prépare et retourne dans la chambre. Mon jouet d'hier soir a compris ce que j'attendais de lui, il est parti. J'enfile ma Rolex et me fais une promesse : j'aurai ce serveur, quoi qu'il en coûte.

Dans la voiture qui me mène à mon building, j'appelle mon assistante :

— Angela, tu as le nom du traiteur d'hier soir ?

— Oui, bien sûr mademoiselle Jones c'était « *Aux bons petits plats* ».

— Envoie les pourboires à tous les employés et retrouve-moi l'un d'eux. Un grand barbu, cheveux longs et bruns.

— Je donne la même somme que d'habitude ?

— Oui. Sauf pour le grand aux cheveux longs. Tu lui donne le double. Et je le veux pour l'évènement de la semaine prochaine.

Quand j'ai une idée en tête, je ne lâche pas l'affaire. La semaine prochaine, j'organise un gala en l'honneur de ma nouvelle ligne de vêtements. Rien à voir avec la soirée d'hier soir, ce ne sera pas une soirée de présentation, mais de célébration. Dans ce milieu, rien de tel que de grandes soirées pour faire parler d'une marque. Et moi, je veux faire parler de moi. J'en profite donc pour retrouver le serveur mystère et le revoir. Cette fois-ci, il ne pourra pas me refuser.

— Quand tu l'as retrouvé, tu m'envoie son nom et ses coordonnées.

— Bien mademoiselle Jones, autre chose ?

— Non, je suis bientôt là.

Je raccroche et pianote sur mon téléphone. Je cherche des informations sur ce traiteur. D'après ce que je trouve sur le net, il n'est ouvert que depuis peu, mais a déjà fait ses preuves lors de plusieurs évènements. Il est très bien noté et comme j'ai pu le constater hier, leurs petits plats sont excellents. Bon, je n'ai goûté que des apéritifs, mais ça m'a plu. Plusieurs photos sont postées en plus des avis des clients, ça donne faim. Peut-être que je devrais organiser un dîner ? Comme ça, en plus de revoir mon serveur, je pourrais goûter les préparations.

Je réfléchis à cette idée quand ma voiture s'arrête devant mon building. Je descends et comme chaque jour, je pénètre dans mon royaume. Angela est là, elle m'attend comme toujours aux pieds de l'ascenseur. J'écoute le détail de ma journée et me prépare mentalement à toutes les tâches qui m'attendent. J'adore mon travail, j'ai gravi les échelons à une vitesse incroyable et je suis très fière d'être où je suis aujourd'hui. Cependant, ce n'est pas une vie de tout repos. Chaque jour me réserve son lot de surprises et de problèmes à gérer. Je suis celle qui prend les décisions, du rez-de-chaussée jusqu'au dernier étage de mon building. Alors chaque jour, je signe toutes sortes de paperasses administratives, j'approuve et désapprouve les propositions et décide de tout. J'ai la vie de mes employés entre mes ongles manucurés. Si je décide que leur boulot ne convient pas, ils recommencent. Qu'ils y passent la nuit, ce n'est pas mon problème. Je tiens à ce que tout soit parfait. Quand mon assistante a fini son monologue, je lui demande :

— Tu as trouvé le serveur ?

— Oui, mademoiselle Jones, je vous ai envoyé ses coordonnées par mail ainsi que tout ce que j'ai pu trouver sur lui.

— Je t'écoute...

J'attends qu'elle m'en dise plus. Elle ne tarde pas à me donner tous les détails qu'elle a pu trouver.

— Alors, il s'appelle Sam Thompson, il habite à l'autre bout de la ville dans un quartier pas très bien réputé. Il a de la famille à Palatino, deux sœurs et trois neveux et nièces. Il travaille pour le traiteur depuis quelques mois et il est déjà l'employé le plus demandé, apparemment il est irréprochable dans son boulot.

Je suis abasourdie, comment peut-elle avoir trouvé autant de renseignements ? Je lui demande interloquée :

— Angela, comment tu as fait pour savoir tout ça ? Tu bosses pour le gouvernement en secret ?

Mon assistante rit poliment et me répond :

— Non, j'ai d'abord appelé son patron, il m'a donné son nom et l'a complimenté. Ensuite, je suis allée jeter un œil sur les réseaux sociaux. Ça m'a pris cinq minutes, comme je ne savais pas exactement ce que vous vouliez savoir, j'ai tout rassemblé.

Je suis un peu déçue, ce Sam est donc du genre à tout raconter de sa vie sur les réseaux. C'est une chose que je déteste chez quelqu'un, internet est un outil pratique, mais tellement mal utilisé par certains.

— Il y a des photos ?

— Oui, enfin pas sur son profil à lui. Il n'a rien mis, seulement sa sœur est une adepte des photos.

Elle me tend sa tablette. Je suis un peu rassurée, il ne poste rien lui-même, c'est sa sœur qui affiche sa vie. Je regarde la photo sous mes yeux. Sur ses genoux, une petite fille, autour de ses larges épaules, deux petits garçons. La légende dit : « Tonton et les petits monstres ». Ce cliché ferait sourire n'importe qui, mais moi je ne souris pas. Quelle idée d'afficher sa vie privée de la sorte. N'importe qui passant par-là peut avoir accès à ces photos. La preuve, Angela a trouvé énormément d'informations en seulement cinq minutes. Sam a les cheveux détachés, et plus longs que moi. Sur la photo suivante, il est seul un verre à la main. Le cliché a l'air d'avoir été pris lors d'un repas de famille, très peu pour moi. Ses yeux marron sont envoutants, à nouveau, je l'imagine au lit avec moi.

Je me reprends quand les portes de l'ascenseur s'ouvrent. Je rends la tablette à Angela et la remercie :

— Merci. Tu peux retourner à ton poste.

Je rejoins rapidement mon bureau et allume mon ordinateur. J'ouvre le mail de mon assistante et relis tout ce qu'elle m'a dit il y a quelques minutes. J'en sais un peu plus que ce que j'aurais souhaité sur lui, seul le sexe m'intéresse, pas sa vie. Il est donc célibataire, ça n'explique donc pas pourquoi il s'est refusé à moi. Je suis vraiment intriguée par cet homme, ce Sam Thompson a quelque chose de particulier. Quelque chose qui m'empêche de penser correctement, quelque chose qui m'attire. Je ne sais pas encore ce que c'est, mais je compte bien le découvrir.

Chapitre 5

SAM THOMPSON

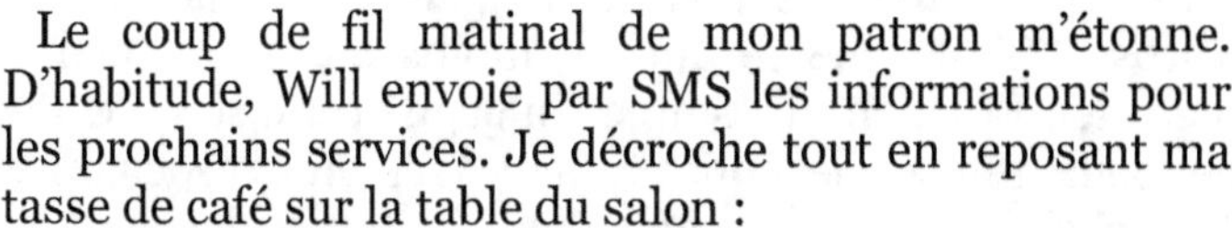

Le coup de fil matinal de mon patron m'étonne. D'habitude, Will envoie par SMS les informations pour les prochains services. Je décroche tout en reposant ma tasse de café sur la table du salon :

— Allô ? Will ?

— Ouais, comment tu vas Sam ?

— Bien et toi ?

Sa voix est normale, pas de raison de m'inquiéter. Néanmoins, avant même qu'il ne réponde, je demande :

— Il y a un problème ?

— Oh non, pourquoi il y aurait un problème ?

— Je ne sais pas, tu n'appelles jamais.

— Pas faux, mais j'ai une bonne nouvelle pour toi je ne pouvais pas t'annoncer ça par SMS.

J'écoute attentivement, peut-être qu'il a décroché un gros contrat et qu'il va me mettre sur le coup. Ou alors, ça concerne le pourboire de la soirée d'hier. Je n'ai pas le temps de me questionner plus, il me dit :

— Tu as fait une sacrée impression à Mary Jones petit veinard ! Elle t'a octroyé le double du pourboire des autres employés et en prime, elle te réclame pour une soirée la semaine prochaine.

Je n'en crois pas mes oreilles. Si je lui suis reconnaissant pour le pourboire, je suis sûr que l'embauche pour la semaine prochaine n'est qu'une tactique pour obtenir ce que je lui refuse.

— Et combien ça fait ce pourboire doublé ? Merci beaucoup Will de m'avoir donné ma chance, mais peut-être qu'il serait mieux d'envoyer un serveur plus expérimenté en évènements de ce standing ?

Je tente de refuser ce contrat sans expliquer à mon boss les vraies raisons. Lui non plus ne comprendrait pas. Je l'entends s'esclaffer à l'autre bout du fil :

— Tu déconnes Sam ! Si elle te demande, fonces ! Tu vas en tirer pas mal d'argent. Rien que pour hier soir, elle te paye mille Euros supplémentaire.

Si je n'étais pas assis, je tomberais à la renverse. Ok, il avait mentionné des pourboires généreux, mais mille Euros ?! C'est à peine un peu moins que mon salaire mensuel. Et là, en une soirée j'ai gagné cette somme. Je ne peux refuser le contrat de la semaine prochaine. Même si je reste persuadé que Mary use de son influence pour se rapprocher de moi. Je dis alors :

— Oh... mille balles quand même...

— Et ouais, elle paye vraiment bien. La soirée de la semaine prochaine c'est un peu le même genre qu'hier. Si tu te débrouilles aussi bien, tu empocheras mille Euros supplémentaire. Pense à Noël Sam.

Il m'a touché en plein cœur. Noël est ma fête préférée, la plus belle qui existe pour moi. J'ai économisé toute l'année pour offrir à ma famille de beaux cadeaux, ainsi que pour payer le voyage jusqu'à Palatino. Avec cet argent en plus, je pourrais offrir plus de cadeaux. Je pourrais peut-être même me payer de nouveaux meubles. Le téléphone toujours collé à l'oreille, je regarde autour de moi.

Mon appartement n'est pas en très bon état. Mes meubles sont vieux et abimés, il serait judicieux d'en changer. Le canapé sur lequel je suis assis est minuscule et déchiré. J'ai jeté un plaid sur le dessus, pour camoufler un peu les dégâts. Mon four ne fonctionne qu'à moitié et crame presque tous mes plats. Cet argent me serait utile bien que je ne sois pas matérialiste. C'est vrai que le confort manque un peu dans ce ridicule appartement. Je passe ma main sur mon front et dis :

— Ok, c'est où cette soirée ? Et quand ?

— Tu fais le bon choix Sam ! Je t'envoie tous les détails par SMS. Tu vas aussi recevoir le virement du pourboire dans la journée.

— Merci Will. Merci pour tout ce que tu fais pour moi.

— Y'a pas de quoi, t'es un gars bien tu le mérites.

Je raccroche après l'avoir remercié à nouveau. Si Will ne m'avait pas donné ma chance, je serais encore en train d'astiquer les chiottes d'un restaurant pourri du quartier. Je ne suis pas un carriériste, mais récurer la merde des autres et être payé au lance pierre : très peu pour moi. J'ai très vite appris le métier de serveur et j'ai répondu à toutes les attentes de mon patron.

Je n'aspire pas à gravir les échelons d'une entreprise, à passer des heures au bureau et à manquer les plus beaux moments d'une vie. Ce que je veux peut sembler utopique de nos jours, un mariage solide, des enfants heureux et des moments de bonheur à partager en famille. Peu m'importe la taille de notre maison tant qu'on aura des rires pour la remplir.

Je pose mon téléphone sur la table, reprends ma tasse et bois une longue gorgée de café. Décidément, cette Mary semble prête à tout pour arriver à ses fins. Je ne suis pas encore sûr qu'elle m'embauche uniquement pour ça, mais quelque chose me dit qu'elle tentera une nouvelle fois quelque chose. Comme si j'étais un bout de viande attendant d'être choisi, cuit, puis mangé. Non, je ne suis pas un vulgaire steak. J'ai des sentiments, je suis un homme, une personne à part entière et je ne laisserai personne m'utiliser de la sorte. Peu importe que ce soit Mary Jones, le pape ou la présidente.

Son comportement est étrange. Elle a réussi professionnellement, elle est très riche et plutôt jolie. Pourquoi ne trouve-t-elle pas un mari avec qui partager tout ça ? Les possessions matérielles ne sont rien par rapport à l'amour, la famille et l'amitié. J'imagine qu'elle doit se sentir seule le soir du haut de son building. C'est peut-être pour ça qu'elle cherche la compagnie des hommes. Pourquoi s'arrête-t-elle au plaisir charnel ? Je ne tenais pas particulièrement à en savoir plus sur elle, mais Fred m'a donné tellement de détails hier la concernant, que je ne peux m'empêcher de me poser des questions. Mon instinct me dit qu'il y a quelque chose, sous sa carapace, je suis certain qu'il y a une explication. Je ne peux m'empêcher d'espérer que rien de grave ne lui soit arrivé. Merde, je ne la connais pas, je l'ai envoyé promener hier soir et pourtant aujourd'hui, j'éprouve de la compassion pour Mary. Je suis beaucoup trop altruiste parfois, je m'inquiète plus des problèmes des autres que des miens. Je devrais peut-être commencer par régler mon propre problème de célibat avant de vouloir comprendre le sien. En attendant, elle ne dort jamais seule, contrairement à moi. J'ai beau faire le grand dur, la solitude me pèse. Le fait de ne trouver personne qui me convienne me pèse. Le contact émotionnel et physique me manque. Je suis trop exigeant, peut-être devrais-je revoir mes critères ? Je chasse toutes ces idées, hors de question de changer ma nature profonde !

Je termine mon café et fonce sous la douche. Puisque je suis libre aujourd'hui, je vais en profiter pour aller faire les achats de Noël. J'ai largement le temps avant le grand jour, mais je tiens à m'y prendre tôt. J'enfile un jean, un pull et des boots. Je laisse mes cheveux sécher seuls et je ne les attache pas. Ma sacoche sur l'épaule, je sors de chez moi.

Il me faut prendre deux lignes de métro avant de rejoindre l'immense centre commercial de la ville. J'ai déjà repéré ce que je compte acheter pour les enfants, je me dirige donc vers le magasin de jouets en premier. Louis a développé une passion pour les jouets en bois que fabrique mon père, difficile de trouver mieux. Ma sœur m'a dit qu'il commençait à s'intéresser aussi aux échecs, ce qui est très étonnant pour un petit garçon de sept ans, mais tant mieux. Je lui prends donc un magnifique échiquier en bois verni. Pas à la hauteur des créations de mon père, mais très beau quand même.

Zoé, ma filleule, adore les poupées, elle passe son temps à leur donner à manger, à les coiffer et les habiller. C'est donc avec conviction que je lui choisis plusieurs de ces petites personnes en plastique. Je la vois déjà interagir avec elles comme si elles étaient vivantes. Elle a cinq ans et déborde d'imagination, comme sa mère avant elle.

James, l'aîné, ne jure que par les jeux vidéos. Sa collection est déjà bien remplie, mais grâce à ma sœur je sais exactement ce qu'il veut. Je suis un peu réticent quand je m'aperçois que le jeu comporte la mention « Interdit aux moins de douze ans ». James n'a que neuf ans, je devrais appeler ma sœur. J'attrape mon téléphone et heureusement, elle répond très vite :

— Hey Sammy Boy, ça va ?

— Oui super et toi Ana Girl ?

— Comme une matinée avec trois enfants.

Ma sœur est mère au foyer. Elle dédie sa vie à s'occuper de ses enfants et s'épanouie à la perfection dans ce rôle. Son mari, Peter, est avocat et gagne suffisamment bien sa vie pour prendre soin de toute la petite famille. Je demande à Ana :

— Dis-moi, je suis dans un magasin de jouets pour les enfants. J'ai trouvé le jeu dont tu m'as parlé pour James, mais la mention moins de douze ans m'interpelle. Tu es sûre que c'est le bon ?

— Oui, j'ai regardé quelques vidéos sur internet de Game Play, c'est adapté à son âge.

— D'accord je lui prends alors.

— Merci mon frangin. Je dois te laisser j'ai encore pas mal de choses à faire, on se rappelle plus tard, ok ?

— Pas de problème frangine !

Je raccroche et prends le jeu. Je fais un dernier tour de magasin, rajoute quelques jeux de société pour les trois enfants et passe en caisse. Avec mes énormes sacs, je prends encore plus de place que d'habitude dans le métro. Pas très pratique quand on fait des emplettes, mais Orkney est un enfer pour quiconque se décide à se déplacer en voiture. Je retournerai au centre commercial pour prendre des cadeaux aux adultes un autre jour. En attendant, je rentre chez moi et je me prépare à aller faire un tour à la salle de sport.

Chapitre 6

SAM THOMPSON 

La soirée se déroule dans un quartier chic. J'ai ressorti le costume, le nœud papillon et mon sourire forcé pour l'occasion. Nous sommes quatre à travailler pour Mary ce soir, dont Fred. Pour une soirée comme celle-ci, une seule personne ne suffit pas. Will me confie le service des apéritifs. Je déambule donc avec un plateau plein de petits fours. Heureusement que j'ai mangé avant de venir, sinon le plateau serait déjà vide. Le chef cuisiner est un as, il réalise des plats incroyables et délicieux à chaque fois. J'ai de la chance de travailler avec des professionnels aussi qualifiés.

Les invités de ce soir sont très gentils, ils me remercient à chacun de mes passages. Je n'ai pas encore vu ma patronne du soir, Mary Jones, mais j'imagine que je ne vais pas tarder à tomber sur elle. J'appréhende légèrement notre rencontre, va-t-elle encore me faire du rentre dedans ? Ou bien va-t-elle s'abstenir ? Je ressemble à un gosse putain, je me gifle mentalement, il est temps de me ressaisir. Peu importe ce qu'elle tentera ou non, je la remettrai à sa place s'il le faut. Tandis que je retourne en cuisine faire le plein de nourriture, je croise Fred qui me dit :

— Alors, ta riche admiratrice est arrivée ?

J'esquisse un sourire et lui réponds :

— Aucune idée, mais t'as l'air de t'y intéresser, va donc la trouver. Propose-lui tes services !

Pour réponse, j'obtiens un rire sonore. Fred se reprend au moment où il sort de la cuisine. Je remplis mon plateau et ressors à mon tour. Au moment où je suis de retour dans la salle, je l'aperçois. Elle est en grande discussion avec un vieil homme au ventre rond. Je ne tiens pas vraiment à me confronter à elle, je me dirige à son opposé. Je poursuis mon service, gardant un œil discret sur elle afin d'aller toujours là où elle n'est pas. Je ne suis pas le seul à distribuer de quoi manger ce soir, on ne pourra pas me reprocher de l'affamer.

Quand mon plateau est de nouveau vide, je pars en direction de la cuisine. C'est là qu'une voix m'interpelle :

— Bonsoir, Sam.

Je me retourne et découvre que Mary est à l'origine de cette voix. Je la salue d'un sourire poli et m'apprête à lui dire bonsoir, mais elle poursuit :

— Je suis ravie de vous voir ici ce soir.

Le plus professionnellement possible, je dis :

— Bonsoir madame, je suis là car vous m'avez donné ma chance. Je vous en remercie.

Je me dis que si je reste professionnel, la conversation ne prendra peut-être pas la tournure que j'appréhende. Elle n'a pas l'air aussi sûre d'elle que la dernière fois. Elle joue avec ses mains comme si elle était stressée. Je ne pense pas que ce soit à cause de moi. D'après Fred, elle a rencontré un paquet d'hommes, ça m'étonnerait qu'un serveur dans mon genre l'impressionne. Elle qui côtoie des PDG, des riches héritiers tous les jours. Sa voix manque totalement d'assurance quand elle me dit :

— Je... Vous avez fait du bon boulot à ma précédente soirée. Je voulais le même niveau pour ce soir.

— Merci, je vais tout faire pour vous satisfaire.

Merde, pourquoi j'ai dit ça ? Elle va croire que je lui rentre dedans et ne va pas voir le côté professionnel de ma remarque. Je me rattrape immédiatement :

— Ainsi que vos invités. Le service vous plaît-il jusqu'à maintenant ?

Elle me fixe, ses joues rougissent. Mais bordel, qu'est-ce qui lui prend ? Elle avale une gorgée du liquide dans son verre et me répond :

— Oui, oui c'est parfait. Merci, Sam.

Cet échange devient très bizarre, je vais continuer à effectuer mes tâches. Je lui dis :

— Avec plaisir Mary. Je vais continuer.

Cette fois, ses yeux s'arrondissent de surprise. Je ne reste pas assez longtemps pour voir la tête qu'elle fait, mais je suis sûre qu'elle ne s'attendait pas à cela. Je ne sais même pas ce qu'il m'a pris de l'appeler par son prénom. Peut-être que son manque d'assurance m'a fait me sentir plus à l'aise ? Bon sang, je suis ridicule. Cette femme m'intrigue, j'ai envie d'en savoir plus sur elle, sur ce qui l'a menée à être comme elle est aujourd'hui. Et surtout, après une discussion comme celle-ci, j'ai envie de comprendre ce qui la met si mal à l'aise. Pourquoi semble-t-elle autant décontenancée ce soir ? Elle qui semblait si déterminée la dernière fois.

Je remplis mon plateau et retourne en salle. Je ne la trouve pas là où nous venons de parler. Je continue mon travail, de la meilleure façon possible. J'aurais tout le loisir de repenser à tout ça plus tard. En attendant, je m'affaire à être le plus efficace, le meilleur serveur de cette soirée.

Chapitre 7

MARY JONES

Quand j'arrive à la soirée, je suis plus motivée que jamais à ramener Sam chez moi ce soir. Je n'ai pas encore décidé comment je vais m'y prendre, mais je vais réussir. J'ai mis le paquet concernant ma tenue, il ne pourra pas refuser. Je porte une robe courte et moulante qui dévoile bon nombre de mes atouts. J'ai un physique très avantageux, autant m'en servir.

Quand je l'aperçois, j'hésite une minute à aller lui parler. Est-ce le bon moment ? Peut-être que je devrais attendre la fin du service. Il ne pourrait pas prendre comme excuse son boulot. Oh et après tout ! Je me lance, je m'approche de lui. J'arrive dans son dos et ma voix le fait légèrement sursauter :

— Bonsoir, Sam.

Habituellement, j'intimide les hommes. Je le sais, j'en joue. Mais, devant ce géant de muscles, je fonds et je perds totalement le contrôle de moi-même. Je n'ai jamais été comme ça. Je suis une femme pleine d'assurance, je sais toujours quoi dire, quoi faire. J'avale ma salive et continue, sans lui laisser le temps de répondre :

— Je suis ravie de vous voir ici ce soir.

— Bonsoir, madame, je suis là car vous m'avez donné ma chance. Je vous en remercie.

Madame ? Mais c'est quoi ce ton si détaché ? Je rêve. Madame ? J'ai l'air d'une madame peut-être ? S'il ne m'attirait pas autant, je l'aurais remis en place en cinq secondes et il serait parti pleurer en cuisine. Qu'il fasse trois mètres de haut et de large ou pas ! Au lieu de ça, je joue avec mes mains comme une gamine peu sûre d'elle. Je ne sais même plus quoi lui dire. J'étais prête à lui sauter dessus, à tout faire pour le ramener chez moi. Pourquoi m'intimide-t-il autant ?

Je bégaie une réponse peu claire, qui n'a rien à voir avec mon intention première. Je suis perturbée par ses yeux, par l'intensité de son regard. Il met une distance entre nous, mais je n'arrive pas à la franchir. Ça ne me ressemble pas. Sa réponse me fait frissonner :

— Merci, je vais tout faire pour vous satisfaire.

Si cette simple phrase me donne de l'espoir, il l'écrase en une seconde :

— Ainsi que vos invités. Le service vous plaît-il jusqu'à maintenant ?

J'ai chaud aux joues. Je suis presque sûre d'être rouge, mais je n'ai jamais rougi alors je ne sais pas si je le suis réellement.

— Oui, oui c'est parfait. Merci Sam.

J'essaye de reprendre le dessus sur cet échange. Je dois mettre ce sentiment étrange de côté, je tiens à satisfaire ma curiosité avec lui. Je commence à reprendre le contrôle. Pourtant, quand il m'appelle par mon prénom à mon tour, je craque complètement.

— Avec plaisir Mary. Je vais continuer.

Je ne m'attendais pas du tout à ça. Je n'arrive même pas à répondre quoi que ce soit tant je suis à côté de mes pompes. Je le laisse s'éloigner de moi sans décrocher mes yeux pleins de surprise de sa personne. Il y a quelque chose qui m'attire, quelque chose qui m'empêche de penser normalement. Mais, qu'est-ce-que c'est bon sang ? J'enchaîne les mecs, les coups d'un soir, depuis des années, sans aucune attache. Je ne veux pas de mari, pas de soirée devant la télé, pas de dîner aux chandelles : du sexe, rien que du sexe. Personne ne m'a jamais refusé ça. Jamais. Et même si c'était arrivé, je serais passé au suivant. Alors, pourquoi je ne peux pas en faire de même maintenant ? Pourquoi je ne peux tout simplement pas laisser Sam vivre sa vie ? Plus important encore, pourquoi je ne peux pas continuer à vivre la mienne ?

J'attrape un verre sur un plateau qui passe et je me rue vers les WC. J'ai chaud, j'ai besoin d'y voir plus clair. Je n'ai aucune idée de ce qui m'arrive en ce moment, de ce qui me pousse à revenir vers Sam. La meilleure solution serait de me trouver quelqu'un pour me le sortir de la tête. Je dois absolument m'éloigner de lui. J'ai repéré un beau brun dans la salle, il sera mon casse dalle ce soir.

Face au miroir, je reprends le contrôle de moi-même. J'avale d'un trait la vodka dans mon verre, remets un peu de gloss et je retourne dans la salle.

J'adopte un sourire de façade et m'efforce de discuter avec tous mes invités. D'un œil, j'observe Sam. Il a une aisance déconcertante. Il déambule parmi les invités, leur sourit et ne s'arrête pas une minute. Les seules fois où je le perds des yeux, c'est quand il retourne en cuisine, ce qui ne dure que quelques courtes secondes. Je m'approche du brun que j'ai repéré, prête à me satisfaire de cette nouvelle proie. Il n'a rien en commun avec Sam, mais ça devrait faire l'affaire. Je traverse la salle, mais la voix grave du serveur m'interpelle :

— Tout va bien pour vous ?

J'arrête de marcher et me tourne vers lui :

— Oui, vous êtes très efficace. J'ai bien fait de vous engager ce soir.

Quel exploit, j'ai réussi à lui parler sans bégayer, sans rougir. Je suis restée professionnelle. Après tout, je suis sa patronne ce soir. Pas besoin de me mettre dans un état pas possible, pas besoin de perdre mes moyens. Il me sourit et mon cœur s'accélère. Il est tellement beau, tellement charismatique. Un sourire comme celui-ci, on n'en croise pas beaucoup. Ce n'est pas seulement sa bouche qui sourit, ce sont aussi ses yeux. Comment peut-il sembler si heureux ? J'ai encore plus envie de lui, là tout de suite.

Non. Non, je dois arrêter, je dois m'éloigner de lui. Je ne dois pas le laisser prendre le contrôle de mes émotions. Je ne lui laisse pas le temps de me répondre, je lui souris et le remercie avant de m'éloigner. Je ne regarde pas derrière moi, j'avance droit vers ma cible. Le brun ne m'est pas familier, je ne pense pas le connaître. Je l'allume ouvertement et en quelques secondes, je sais qu'il a craqué. C'est la fin de la soirée, je peux partir maintenant. Je dis à Michael, ou Mitchell, je ne sais plus :

— Je te ramène chez moi. Tu es prêt ?

Il bégaie :

— Euh... Ou-Oui.

Je suis sûre qu'il bande déjà. J'ai l'habitude de ce genre d'attitude. Il n'est pas sûr de lui et manipulable. Je le vois à la façon dont il parle, dont il se tient. Je vais pouvoir faire de lui ce que je veux.

Au moment où je franchis les portes de la salle, je jette un œil en arrière. Mon regard croise celui de Sam. Bordel, pourquoi je me suis retournée ? Ce simple échange de regards me fait douter de ma décision. De qui je me fous ? Ce petit brun tout tremblant n'a rien de ce que je veux. Ce n'est pas le genre de mec qui me fait frissonner. Ce n'est qu'un jouet sans saveur. Je n'ai même plus envie de le ramener chez moi. Je m'arrête, lâche son bras et lui dis :

— Écoute, Michael... je crois que ce n'est pas une bonne idée finalement. Désolée, je vais rentrer seule.

Il reste planté là, à me fixer. Pendant quelques secondes, puis il me dit :

— Je... je m'appelle Mitchell.

Bon, ce n'était pas le bon prénom. Peu importe. Je lui souris poliment et quitte l'immeuble. Seule. Je ne sais pas ce que j'ai. Je ne comprends pas ce que je ressens. Je vais avoir besoin de mon thérapeute. Il est minuit passé, je m'en moque. Je lui envoie un SMS, exigeant qu'il me rappelle à la première heure demain matin.

En attendant, je rentre chez moi pensive. Je n'ai échangé que quelques courtes phrases avec Sam, rien qui devrait me mettre dans cet état. Pourtant, je n'arrive pas à le sortir de ma tête.

Je m'assieds sur mon canapé. Je ne fais que penser à lui, à son corps, à son sourire. La dernière fois que j'ai pensé à un homme, c'était un garçon et je n'étais qu'une petite fille. Je suis une femme, une femme puissante même. Je n'ai besoin de personne, je n'ai pas besoin d'un homme.

Je me dirige vers ma cuisine, attrape une bouteille de vin et un verre à pied. Quitte à être seule autant être saoule. J'enlève mes talons, reprends place sur le canapé et allume la télé. Je ne prends jamais le temps de la regarder. Je ne sais pas ce qu'il peut y avoir comme programme, mais je tombe assez vite sur une chaîne intéressante. J'enchaîne les verres, jusqu'à finir la bouteille.

Avec tout cet alcool, je tangue pas mal quand je me décide à rejoindre ma chambre. Je vois flou, j'ai du mal à
monter les marches. La robe me serre trop. Pourquoi je
ne l'ai pas enlevée avant ? Pourquoi Sam ne me l'a pas
enlevée ?

Je descends la fermeture à glissière, retire le tissu
rouge de ma peau et enfile ma nuisette à la place. Je
m'allonge sur mon immense lit, regrettant d'y être seule.
Je cherche ma pochette. J'en sors mon téléphone. J'ai
du mal à lire sur l'écran. J'ai du mal à lire et à écrire.
J'envoie un SMS et je sombre contre mon oreiller, complètement bourrée.

Chapitre 8

MARY JONES

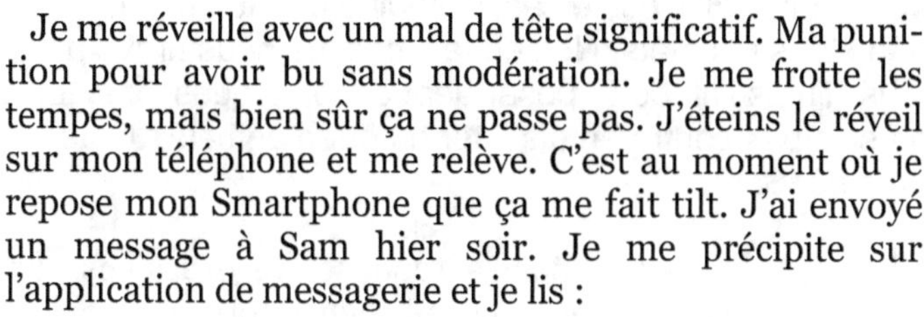

Je me réveille avec un mal de tête significatif. Ma punition pour avoir bu sans modération. Je me frotte les tempes, mais bien sûr ça ne passe pas. J'éteins le réveil sur mon téléphone et me relève. C'est au moment où je repose mon Smartphone que ça me fait tilt. J'ai envoyé un message à Sam hier soir. Je me précipite sur l'application de messagerie et je lis :

Mary : J compren pas que tu veuille psa de moi... Je sui pas ton sytle ?! Personne m'a jamaiss dit non à 1 parti de jambes en l'air ! PERSONNE ! Tas quoi de particulier pour me faire cet effett ? J'arrive même pas a ramener un typ chez mooi tellement tu me perturbbe. J'ai besoiinn de commprendre !!!!!
Mary Joness.

Mais merde ! Quelle conne ! J'ai écorché presque tous les mots, je suis une calamité ! Avec un peu de chance je n'ai pas envoyé au bon numéro. Je compare le numéro que mon assistante m'a transmis et celui auquel j'ai écrit ce message. Merde ! C'est bien le sien. Je ne tourne vraiment pas rond ! Je ne sais pas ce qui m'arrive. Je ne suis absolument pas le genre à envoyer un message sous l'effet de l'alcool. Je suis Mary Jones bordel !

Je me lève du lit et commence à faire les cent pas dans la chambre. Je devrais envoyer un SMS et m'excuser. Non ! Certainement pas. Je devrais lui faire croire que quelqu'un m'a volé mon téléphone. Non ! Comment je pourrais lui écrire dans ce cas ? Je cherche une idée pour me sortir de ce pétrin. La douche va m'aider.

Je jette le téléphone sur le lit et fonce sous l'eau chaude. Rien de tel pour remettre les idées en place. Une fois lavée, maquillée et habillée, je retourne vers mon portable. Deux messages m'attendent. L'un est de mon psy qui me propose une séance dans quinze minutes. Merde, l'autre est de Sam. Je ne vais pas le lire. Je vais faire la morte. Non, je ne peux pas. Je l'ouvre :

Sam : Bonjour Mary, tu vas mieux ? L'alcool est redescendu ? Si c'est le cas, j'imagine que tu dois être dans tous tes états. Ne t'en fais pas, ça nous arrive à tous. Tu as l'air de te poser beaucoup de questions, je ne suis pas contre en discuter autour d'un café. Juste un café. Sam.

Je suis abasourdie par sa réponse. Je m'assieds sur mon lit, relisant le message plusieurs fois. Je me demande ce que je dois faire. Je ne prends pas de café avec un homme, on m'amène mon café. Je ne sais pas si je dois accepter ou pas. Qu'en sortira-t-il ? Il refusera encore toute activité sexuelle avec moi et je rentrerai, frustrée. Et puis, de quel droit me tutoie-t-il ? De quel droit s'adresse-t-il à moi comme si j'étais n'importe qui ? Je suis Mary Jones, la femme la plus puissante du pays. Je ne suis pas une femme comme les autres. Alors, pourquoi je me suis comporté comme tel hier soir ? J'ai du mal à y voir clair. J'ai besoin de parler à quelqu'un.

J'appelle mon assistante et annule mes rendez-vous de ce matin avant de confirmer ma venue à mon thérapeute. Je suis suivie par un psychologue depuis de nombreuses années. Depuis que j'ai perdu la seule chose qui comptait pour moi. J'ai besoin de ces séances pour tenir le cap. Avec tout ce que je gère au quotidien, c'est le seul moyen de m'en sortir sans devenir folle. Heureusement, le docteur May se rend toujours disponible pour moi. Je conviens donc de le rejoindre à son cabinet immédiatement.

J'attrape mon sac, mon téléphone et je descends. J'ai ma voiture qui m'attend pour me déposer au bureau, à la place, je dis au chauffeur :

— Chez le docteur May.

Il acquiesce et me conduit là où je trouverai probablement des réponses. Dans la voiture, je m'occupe de mes mails, je gère certains dossiers rapidement depuis mon Smartphone. Et je ne peux pas m'empêcher de relire le SMS de Sam. Quelque chose ne va pas chez moi. Depuis quand suis-je devenue une pom-pom girl de lycée qui fantasme sur le capitaine de l'équipe de foot ? Quel cliché ! Une fois devant le cabinet, je range mon téléphone et entre dans l'établissement. Je suis accueillie dans la salle d'attente par mon psychologue. Je lui tends la main :

— Bonjour docteur, j'ai besoin de vos conseils de toute urgence.

— Bonjour mademoiselle Jones, je suis là pour ça. Entrez, prenez place.

Je m'exécute et je m'installe dans le canapé en cuir de son bureau. Il y a quelque chose de réconfortant dans cette pièce. Je ne sais pas si c'est le bois qui orne les murs et le sol, ou bien si c'est le cuir marron du mobilier. Une fois installé à son tour, le docteur May me demande :

— Alors, dites-moi ? Que se passe-t-il ?

— Docteur, vous me suivez depuis des années, vous me connaissez, vous connaissez mon avis concernant les relations sentimentales. Vous savez que je ne m'attache pas, je recherche la compagnie physique seulement, pas d'émotions, pas de sentiments...

— Oui, je sais. Poursuivez...

— Alors voilà. J'ai rencontré un homme lors d'une soirée que j'ai organisé. Je l'ai tout de suite trouvé à mon goût et j'ai voulu le ramener chez moi, comme je fais très souvent. Cependant, il a refusé. C'est la première fois qu'un homme refuse.

Je marque une pause, je veux savoir ce que pense le docteur May du comportement de Sam avant de continuer. Comme nous faisons cela depuis de nombreuses années, il sait ce que j'attends de lui. Il me demande :

— Ce refus vous a vexée ?

— Oui ! Comment pouvait-il me refuser ça ? À moi ?!

D'un geste de la main, j'appuie mon propos en montrant mon physique. N'importe quel nigaud saurait reconnaître la chance d'être avec une femme comme moi. Il me dit :

— Peut-être que cet homme recherche autre chose ? Avez-vous essayé de penser à cela ?

— Non, mais mon assistante a trouvé des informations sur lui et il vit seul. Pas de petite amie. Je ne vois donc aucune raison à ce qu'il décline ma proposition.

— Il n'est pas question de ça ici mademoiselle Jones, je voulais dire peut-être attend-il plus qu'une connexion charnelle ?

Quel genre de mec recherche les sentiments avant le sexe ? Je garde cette question dans un coin de ma tête et je poursuis :

— Après ça, je l'ai engagé pour une nouvelle soirée. Hier soir. Les quelques jours qui se sont écoulés avant cette nouvelle soirée, je n'ai eu de cesse de penser à lui. Y compris dans des moments intimes. Quand je me suis trouvée en face de lui, j'étais déterminée à tout faire pour le ramener. Mais, j'ai perdu tous mes moyens. Avoir cet homme devant moi m'a paralysée. Je ne savais plus aligner deux mots, je n'étais plus capable de détacher mes yeux de lui. Il s'est permis de m'appeler par mon prénom et ça m'a totalement déstabilisée. Je ne sais pas ce qui m'arrive docteur, même sa voix me fait quelque chose... et pas seulement au niveau sexuel ! C'est tout mon être qui réagit...

Mon thérapeute hoche la tête, m'écoute lui détailler cette situation inédite avec beaucoup d'attention. Avec tous les diplômes qu'il a, il va bien trouver ce qui ne va pas chez moi. Quand j'ai terminé, il me dit :

— Mademoiselle Jones, avant de vous donner mon avis, j'ai une question à vous poser.

— Je vous écoute.

— Êtes-vous déjà tombée réellement amoureuse ?

Je rigole :

— Amoureuse ? Non. Ça m'apporterait rien.

Je me ferme à nouveau. L'idée même de donner à nouveau mon cœur à quelqu'un ne me plaît pas du tout. Si je me permets de m'ouvrir, je donne la clé qui me détruira. Je le sais. Hors de question de souffrir d'une quelconque façon. Le docteur May me dit :

— Eh bien, je pense que cet homme dont vous me parlez réveille des sentiments inconnus en vous. Je n'irai pas jusqu'à dire que vous êtes amoureuse, mais vous ressentez quelque chose pour lui.

Je le coupe :

— Impossible ! Je ne lui ai parlé que quelques minutes.

— Vous savez mademoiselle Jones, l'amour, les sentiments ne sont pas liés au temps que nous passons à discuter avec une personne. Nous pouvons tomber amoureux en quelques secondes comme en quelques années. Vous me disiez que vous vous sentez terriblement attirée par lui ? Quelle sensation cela vous provoque ?

J'inspire doucement, je me pose la question intérieurement avant de tenter d'y répondre. Quelle sensation ? Je me remémore rapidement notre échange d'hier soir et je réponds :

— Eh bien... J'ai chaud quand il me parle, il me semble avoir rougi. J'ai des frissons. Je bégaye et ne suis plus capable d'aligner deux mots convenablement.

— Oui, mais en vous ? Que ressentez-vous dans votre cœur ?

Je fixe le docteur May, incapable de répondre. Je ne me suis pas aventurée du côté de mon cœur depuis très longtemps. Trop longtemps. Je ne comprends même plus les signaux qu'il m'envoie. J'ai fermé les portes depuis que je l'ai perdue. Je ferme les yeux un instant. Je me concentre et j'essaye de toutes mes forces d'écouter mes sentiments. Je dis :

— Je ne sais pas. J'ai fermé mon cœur, je ne sais plus... Je ne sais plus l'écouter.

— Je crois que c'est bien ça le problème alors. Votre cœur vous envoie un message au travers de votre corps. Ces frissons, cette chaleur, votre incapacité à parler. Tout ça, ce sont vos sentiments qui naissent.

— Mais, mais je ne veux pas !

— Vous savez, que vous le vouliez ou non, si vous aimez quelqu'un, ce n'est pas la tête qui décide.

Il me faut une minute pour encaisser ces informations. Comment vais-je me sortir de ce pétrin ? Je ne tiens pas à entretenir une relation amoureuse. Il en est hors de question. Pourtant, plus je repense à Sam et plus j'ai envie de le voir. Je tapote ma sacoche posée sur mes genoux et je dis :

— J'ai fait une bêtise hier soir...

— Dites-moi ?

— Je lui ai envoyé un SMS. J'ai bu, j'ai un peu trop bu même et j'ai envoyé un message qui ne me ressemble pas du tout.

J'ouvre l'application et lui tends mon téléphone pour qu'il lise, ou déchiffre, le fameux SMS ainsi que la réponse. Quand c'est fait, il me le rend et me dit :

— C'est bien ce que je disais, vous avez des sentiments naissants pour lui. Cet homme n'a pas l'air de vous fermer la porte. Sa réponse me porte à croire qu'il aimerait, lui aussi, en savoir plus sur vous. De plus, il se préoccupe de vous, sa façon de vous demander si vous allez mieux me fait penser que c'est quelqu'un d'altruiste. Je peux me tromper mademoiselle Jones, mais je crois que cet homme pourrait vous faire du bien.

Je reste sans voix. Cette révélation me fait l'effet d'une bombe. Le docteur May ne s'est jamais trompé sur moi. Il m'a percé à jour avant même que moi je ne sois capable de le faire. Depuis mon premier jour de thérapie, jusqu'à aujourd'hui. Je ne sais pas quoi penser de ce qu'il me dit. Ça fait bien longtemps qu'il me conseille de m'assagir. De trouver l'amour. Et ça fait des années que je refuse, que je me ferme de plus en plus à cette idée. Il sait d'avance que je vais me refermer encore plus. Pour la première fois, il me dit :

— Mademoiselle Jones. Après tout ce qui vous est arrivé, je sais que vous ne voulez pas donner votre cœur. Pourquoi ne pas essayer simplement de le partager dans ce cas ? De cette manière, vous continuerez à vous protéger d'un éventuel danger, tout en savourant les délices d'une relation sentimentale. Faites un essai, allez boire un café avec cet homme. Je suis sûr que vous apprécierez ce moment.

Je ne dis rien. Je reste silencieuse face à mon psychologue. Je dois reconnaître qu'il n'a pas tort. Même si je ne ressens pas le besoin de partager ma vie avec qui que ce soit, l'attraction entre Sam et moi ne peut être ignorée. Combien même je souhaiterais l'enterrer, j'en suis incapable.

Chapitre 9

SAM THOMPSON 

Je passe la matinée à la salle de sport. J'alterne entre les différentes machines, travaillant au mieux tous les muscles de mon corps. Quand la faim se fait sentir, je retourne aux vestiaires pour prendre une douche. Je m'habille, attrape mon sac et sort de la salle en saluant tout le monde. Je me dirige vers un *food truck* non loin de là et commande un sandwich au poulet et au pain complet. Ce serait dommage de craquer pour un hamburger gras après tous ces efforts.

Je marche quelques mètres pour rejoindre un petit parc et je m'installe sur un banc pour profiter des derniers jours sans neige. La température baisse de plus en plus, je suis sûr que, bientôt, la ville sera recouverte d'une épaisse couche blanche. Ça me réjouit beaucoup, la neige annonce les vacances de Noël et j'adore cette période. Je déguste mon sandwich tranquillement quand mon téléphone se met à vibrer. Je le sors de ma poche et je suis surpris d'y trouver un message de Mary. Je ne pensais pas qu'elle me répondrait.

Mary : Ok pour un café.

Je me surprends à sourire. Je ne sais pas trop pourquoi je lui ai proposé ça. J'ai envie de la connaître, j'ai un pressentiment qui me dit qu'en dessous de sa carapace de femme d'affaire froide se cache une femme douce qui ne demande qu'à être aimée. Sa manière de changer d'homme chaque soir n'est qu'un prétexte pour cacher ses vrais sentiments. Le texto qu'elle m'a envoyé hier soir le prouve, je l'intrigue. Mieux encore, ce qu'elle ressent à mon égard la perturbe. Je dois avouer que tout ça me pousse à me poser des questions moi aussi. Bizarrement, je me sens attirée par elle. Pas par son corps, qui n'en demeure pas moins très agréable, mais par elle-même. Qui elle est vraiment au fond d'elle. Sa façon adorable de rougir devant moi, sa façon de jouer avec ses doigts comme si je l'impressionnais. Ce café serait l'occasion d'en apprendre plus l'un sur l'autre. Je lui réponds rapidement :

Sam : Dis-moi quand tu es libre, je pense que mon emploi du temps est moins complet que le tien.

Mary : Maintenant.

Elle ne perd pas de temps. Un second message arrive presque de suite :

Mary : Rejoins-moi au Plaza Café sur la place des lumières.

Le Plaza Café, je ne connais que de nom. C'est un lieu bien trop luxueux pour un type comme moi. De quoi je vais avoir l'air dans mon jean troué et mes cheveux en bataille ? Non, je ne veux pas foutre les pieds dans un café comme celui-là. Le prix des consommations doit avoisiner celui de mon loyer. Hors de question de céder.

Sam : Je suis trop loin de ce quartier, pourquoi ne pas se rejoindre au parc du centre ?
J'y suis déjà et je connais un super endroit.
Je n'ai plus de batterie. Je t'attends.

Je ne lui laisse pas le choix. Pas de négociations possible, j'ai proposé ce café, je tiens à ce que ça se fasse dans mes conditions. La faire sortir de sa zone de confort ne peut lui faire que du bien. Si je veux qu'elle se dévoile, je ne dois pas lui donner l'occasion de me contrôler. Je dois lui montrer que je la considère comme n'importe quelle autre femme. Son nom ne m'impressionne pas. Je suis sûr qu'elle a l'habitude qu'on lui obéisse au doigt et à l'œil, je ne serai pas comme les autres. Je veux lui montrer ce que sont de vraies relations. Quand deux personnes sont au même niveau, quand chacun se considère comme il considère l'autre. C'est pour ça que je l'ai tutoyée. J'imagine la tête qu'elle a dû faire quand elle a lu ça.

Je souris de nouveau. Décidemment, cette femme me fait beaucoup réfléchir. Je termine mon sandwich en l'attendant. Je n'ai pas eu de réponse à mon SMS et je ne suis plus aussi certain qu'elle viendra. Mon aplomb l'a peut-être froissée ? Cependant, quand je vois une grosse voiture noire se garer à proximité de moi, plus de doutes, je sais qui va en descendre.

Chapitre 10

MARY JONES

Je ne suis plus certaine d'avoir pris la bonne décision. Je voulais qu'il vienne à moi, je voulais être sur mon terrain de jeu. Je me serais sentie tellement plus à l'aise. Non, il a fallu que monsieur Thompson exige que je vienne à lui. Il se prend pour qui ? Et moi, je suis encore plus bête d'avoir dit à mon chauffeur de me traîner jusqu'ici. Putain, mauvaise idée. Je ne veux pas qu'il pense que je suis sous ses ordres. De qui je me fous ? J'ai envie de le voir. Ici ou là-bas, peu importe. Même si j'aurais préféré le luxe du Plaza. Et puis, c'est quoi ce quartier ?

Je jette un œil dehors, c'est vraiment n'importe quoi ! Je le vois, assis sur un banc. Merde, il est canon. Il porte un jean déchiré, un manteau qui cache le haut de son corps, rien qui ne soit mon style. Pourtant, je suis complètement déstabilisée. Mais je ne suis toujours pas sortie de la voiture. Je demande au chauffeur de s'arrêter à côté du banc, j'inspire un grand coup et je descends. Mes jambes tremblent. J'ai du mal à garder mon assurance habituelle. C'est ça les sentiments ? Mais, c'est nul ! Ça me fait perdre confiance en moi, ça m'empêche de raisonner correctement et pire encore, je n'arrive même plus à faire quoi que ce soit sans penser à lui. On dirait une maladie mentale. Arrivée à son niveau, il se lève et me dit :

— Bonjour Mary, bien dormi ?

— Bonjour... Oui. Et toi ?

Je n'ai pas ce genre d'échanges. Je ne rejoins pas un homme dans un parc en plein jour. Je suis Mary Jones bon sang ! J'ai d'autres choses à faire. Je me surprends à toucher mes mains de nouveau. Il baisse les yeux et me dit :

— Ne stresse pas, je ne vais pas te manger.

Je souris légèrement. Il me montre le café dans lequel il veut m'emmener. Mais, c'est quoi encore cette connerie ? Ce n'est pas un café, il n'y a que trois chaises et les clients qui en sortent tiennent des gobelets en cartons. Je lui demande :

— Mais, on va s'asseoir où ?

— Ici, sur un banc. Il ne fait pas trop froid pour toi ?

Dehors ? Il lui passe quoi par la tête ? Froid, non, mais où est le confort ? Je grimace, mais je le suis. Nous commandons en silence, puis nous rejoignons le banc sur lequel il était assis. Une fois installés, il me dit :

— Alors, parle-moi de toi, Mary.

Il n'a pas trouvé mieux comme question ? Il faut que je me calme, je suis sur la défensive. Sa question est si vaste, que puis-je lui dire sur moi ? Je ne tiens pas à lui dévoiler trop de choses, mais si je veux le découvrir, il faut que je le laisse me découvrir aussi.

— Eh bien, je suis à la tête de plusieurs entreprises, plusieurs marques et je travaille sur pas mal de projets...

Il me coupe :

— Ne te cache pas derrière ton travail. Je sais déjà tout ça, tout le monde sait ça. Moi, je veux savoir ce que personne ne sait. Qui es-tu vraiment ?

Je reste abasourdie. Je ne sais même pas quoi répondre à ça. Je bégaie :

— Je... euh... Je ne sais pas par où commencer.

Je baisse la tête, incapable de répondre à une question à la fois si vaste et intime. La voix grave et réconfortante de Sam résonne :

— Je vais le faire dans ce cas.

Je lève les yeux vers lui, j'écoute attentivement ce qu'il va me dire. Il commence :

— Je suis Sam Thompson, ça tu le sais déjà. J'aime faire du sport, je vis dans un petit appartement pas très loin d'ici et je suis un habitué de ce parc. J'aime les choses simples, passer du temps avec mes amis, ma famille surtout. Je suis très proche de mes parents et de mes sœurs. Encore plus proche de mes neveux et ma filleule.

Je l'écoute, rien de ce qu'il me dit ne semble correspondre à mon mode de vie. Pourquoi suis-je irrémédiablement attirée par lui alors ? Je l'observe en silence tandis qu'il poursuit :

— Ils vivent tous à Palatino, une petite ville assez loin d'ici. J'aime y retourner dès que possible, les miens me sont essentiels. Il me tarde d'ailleurs Noël pour les voir. Ah et je fais partie des rares personnes d'Orkney à ne pas me baser sur le physique.

Il me fait un petit clin d'œil et me dit :

— C'est en partie pour ça que tu n'as pas pu m'avoir la dernière fois.

Je suis terriblement mal à l'aise. Je n'ai jamais ressenti ça. J'ai l'impression pour la première fois de ma vie d'avoir à m'excuser pour mon comportement. Pourtant, je ne pense pas avoir fait quelque chose de mal, il n'y a pas eu viol. Je l'ai allumé, il m'a éteinte. Il n'y a rien eu de plus. Je me cache derrière mon café et en avale une longue gorgée, ma façon de ne pas répondre. Sam me dit alors :

— À ton tour, Mary Jones.

Je sens toute l'ironie dans sa voix quand il prononce mon prénom et mon nom. Je ne peux m'empêcher de sourire. Il est temps pour moi de me lancer, mais après tout ce qu'il m'a dit, rien de ce que je vais lui raconter ne sera intéressant. J'inspire longuement et dis :

— Eh bien je ne suis rien de tout ça. La seule chose que nous ayons en commun je crois c'est le sport, je fais plusieurs séances de musculation par semaine. Je vis dans un grand appartement dans un quartier chic, je n'ai pas vu mes parents depuis des années et je déteste Noël.

Évoquer mes parents de cette manière me provoque un léger pincement au cœur. Ils me ramènent inévitablement à ma sœur. La seule personne au monde que j'ai aimé plus que moi-même. Je mords l'intérieur de ma joue pour ne pas faire remonter le triste souvenir de sa disparition. Il ne manquerait plus que je pleure devant lui. Hors de question. Il manque de recracher son café :

— Tu détestes Noël ?

— Oui.

— Tu es la première personne que je rencontre qui n'aime pas cette fête.

— Et pourtant c'est vrai.

— Je peux te demander pourquoi ?

Même si son ton se veut réconfortant, même si sa voix me donne envie de lui parler, il ne faut pas. J'ai laissé cette histoire derrière moi. Je ne veux pas en parler, pas maintenant. Pas quand la date se rapproche de plus en plus. Je me contente d'une réponse vague :

— Ça me rappelle un très mauvais souvenir. Que fais-tu à Orkney ? C'est une ville superficielle, tu n'as pas l'air de l'être.

Je change de sujet subtilement, ou pas, il me répond :

— On n'en parle pas alors. Eh bien, je suis ici car j'ai décroché un petit job il y a quelques années. De fil en aiguille, de job en job, je suis resté. Je dois avouer qu'à part mes amis, je n'ai jamais rencontré personne qui ne soit pas obnubilé par son image.

Je le comprends. Orkney c'est la capitale de la mode, la capitale du physique, la capitale de l'hypocrisie et du paraître. Ici, même si les gens se détestent, ils feront croire le contraire. Juste pour l'image publique. Je suis étonnée qu'elle ne l'ait pas transformé à lui aussi. Il a l'air d'avoir des valeurs profondes, il ne réfléchit pas comme les autres. Je lui demande :

— Tu n'as jamais eu envie de repartir à Palatino ?

— Si, j'y ai pensé. Mais, je me sens plutôt bien ici en fin de compte. Et toi ? Tu viens d'où ?

— Redonia.

— Oh je connais bien, ce n'est pas très loin de chez mes parents ! Tu n'y retournes jamais alors ?

— Pas depuis...

Je me coupe. Parler avec lui est si simple que je suis à deux doigts de tout lui dire. Non. Je n'ai pas envie de me confier à ce point. Je termine vite ma phrase :

— Pas depuis longtemps.

— Hmm, je vois.

J'ai envie de changer de sujet au plus vite, mais son air m'interpelle. Il a l'air de sous-entendre quelque chose. Ça ne me plaît pas trop, je lui demande, un peu sur la défensive :

— Tu vois quoi ?

— Tu n'as pas envie d'en parler, mais je pense qu'il y a quelque chose qui te fait mal quand tu parles de ta famille.

Je ravale ma salive. Il est devin ou quoi ? Comment peut-il deviner les choses de cette manière ? Je ne suis pas si transparente. Ou alors je le suis avec lui. Il poursuit :

— Je ne te forcerai pas à m'en parler. C'est à toi de décider quand tu te sentiras prête. En attendant, je suis tout à fait disposé à parler d'autre chose.

Avec aplomb, je lui demande :

— Qui te dit que je serai prête à te parler d'une chose si personnelle un jour ?

— Une intuition.

Chapitre 11

SAM THOMPSON

En temps normal, j'aurais fui devant une femme comme Mary. Superficielle, obsédée par son travail et un peu trop arrogante. Mais, je ne sais pas pourquoi, elle m'intrigue. Je vois bien dans son regard que quelque chose l'a brisée. Elle n'est pas devenue comme ça de son plein gré. Il s'est passé un truc, un truc grave. Je le lis dans ses magnifiques yeux verts. Elle aborde son passé avec beaucoup de douleur, elle fait vite l'impasse sur cette partie de sa vie. Y compris la raison pour laquelle elle déteste Noël. Cette période pourtant pleine de joie pour beaucoup de monde semble provoquer en elle une tristesse infinie. Je l'ai vue se mordre la joue, elle ravale sa peine pour ne pas se dévoiler. J'y vois un peu plus clair, sa façon d'agir doit avoir un rapport avec ça. Si l'on m'avait dit un jour que je boirai un café avec une personne comme elle, j'aurais explosé de rire. Pourtant, je suis là. Installé sur ce banc en pierre, à côté d'elle.

À nous voir, rien ne nous rapproche. Je suis vêtu d'un jean déchiré et trop usé, d'un large et épais manteau noir et mes boots ont trop vécu. Mary, quant à elle, porte une jupe noire presque complètement recouverte par son manteau blanc et des chaussures qui brillent. Je ne connais rien en matière de mode, mais sa tenue complète, tout comme sa montre de luxe, doit coûter plus cher que tout ce que je possède. Rien à voir avec moi. Et nous sommes là, à discuter dans la fraîcheur de novembre. Je vois bien que je la déstabilise, elle se cache derrière son gobelet, baisse souvent les yeux et cherche ses réponses bon nombre de fois. Alors, quand le silence a trop duré, je lui dis :

— D'après ton message d'hier soir, tu as l'air d'avoir des questions à mon sujet ?

Ses yeux clairs se plantent dans les miens, ils sont beaux. Ils sont beaux car ils parlent. Ils m'en disent plus qu'elle ne veut bien le faire. Je ne lâche pas son regard, elle finit par me dire :

— Je suis désolée pour ça. J'avais beaucoup bu et j'ai clairement perdu le contrôle. Je ne fais jamais ça.

— Pas de soucis, ça nous arrive tous un jour. Mais, j'imagine que si tu m'as dit ça, tu dois le penser. Non ?

Elle baisse la tête, je perds le contact visuel, dommage. De nouveau, elle se renferme. Je me permets de poser délicatement ma main sur la sienne, elle sursaute légèrement. Je lui dis :

— N'aie pas peur, je veux juste qu'on comprenne tous les deux. Moi aussi je me pose quelques questions.

Elle relève les yeux, la voir si fragile m'impressionne. Il s'agit quand même de la femme la plus puissante du pays. Et la voilà, devant moi, aussi fragile et délicate qu'une fleur. Elle avale une gorgée de son café et me dit :

— Je ne parle jamais de mes sentiments Sam.

— Il y a une première à tout. Je crois que ce rendez-vous en est la preuve.

— Tu as raison.

Elle inspire un grand coup, lève la tête vers le ciel et replonge ses yeux dans les miens :

— Pour être honnête, quand je t'ai vu, je ne voulais que ton corps. Du moins, je voulais qu'on s'amuse, comme je le fais souvent.

Mary semble avoir beaucoup de mal à parler, je préfère ne pas lui couper la parole. Si je la bloque, elle se renfermera encore plus. Je l'écoute, me dire :

— Tu as refusé, c'était la première fois que ça m'arrivait. J'aurais pu passer à autre chose et continuer ma route. Au lieu de ça, tu es resté dans ma tête, je n'arrivais plus à rien faire sans penser à toi. Au début, j'ai cru que c'était ton refus qui faisait ça, qu'il fallait que je t'emmène dans mon lit pour que ça passe. Mais, quand j'ai décidé de retenter ma chance hier, j'ai perdu mes moyens. Je n'ai pas compris pourquoi. Ta voix, toi, tu m'impressionnes. Tellement que j'ai été incapable d'aller plus loin avec un autre.

C'est bien ce que je me disais. Je l'ai vue parler quelques minutes avec un mec. Je l'ai vue commencer à partir avec lui, et quand elle m'a vue à son tour, elle l'a planté là. J'ai senti la déception du pauvre gars. Je ne pensais pas que ça avait un quelconque rapport avec moi. Elle continue :

— J'en ai parlé à mon psy, j'ai essayé de savoir ce qui m'arrive quand je suis à ton contact. Il a des réponses, il m'a menée sur un chemin. Je ne suis toujours pas sûre de tout comprendre, je n'ai jamais eu de relation sentimentale...

Elle baisse la tête, je la relève de ma main :

— Ne baisse pas la tête.

Je plante mes yeux dans les siens, si je la comprends bien, elle n'est pas vraiment déstabilisée par moi. Elle est perturbée par ce qu'elle peut ressentir pour moi. Elle n'a jamais connu ça, les sentiments, c'est perturbant la première fois. J'en sais quelque chose. Ses yeux brillent, elle semble si fragile. J'imagine que pour une femme comme elle, ça ne doit pas être évident de montrer ses faiblesses. Bien que, pour moi, l'amour et les émotions ne sont pas des faiblesses. Ce sont des forces, il faut juste savoir les apprivoiser.

C'est ce côté-là d'elle qui me plaît. Je me moque de son statut social, je me moque de son argent, ce que j'ai en face de moi vaut tout l'or du monde. Une jeune femme perdue dans ses émotions, une jeune femme fragile qui ne demande qu'à être aimée et protégée. Mais elle ne le sait pas encore. Je lui souris, et lui dis :

— Tu vois, je te préfère maintenant. Tu es plus jolie quand tu parles avec ton cœur.

Elle sourit timidement, mais reste muette. Je laisse ce silence s'installer. Il n'est pas gênant, il est nécessaire après de telles révélations. Je lui laisse le temps de reprendre ses esprits, pour quelqu'un comme elle, s'ouvrir de la sorte doit être une sacrée épreuve. Après quelques secondes, elle rompt le silence d'elle-même :

— Merci Sam.

— Merci ?

— Oui, j'ai l'impression que je suis différente avec toi.

— Je n'ai rien fait de particulier. Je suis resté moi-même.

— Justement, c'est peut-être de ça dont j'avais besoin.

Elle tourne la tête et balaye le parc du regard, elle poursuit :

— Tu sais, tout le monde est à mon service. Tout le monde se plie toujours en quatre pour me satisfaire. Personne ne me refuse quoi que ce soit. Bon, pour être honnête, j'adore ça. Mais, le fait que tu l'aies fait, le fait aussi que tu me tutoies et tu m'appelles par mon prénom, ça me plaît. J'ai du mal à avouer tout ça, mais de ne pas t'avoir en claquant des doigts, me donne encore plus envie de te découvrir. Sans ça, nous aurions passé la nuit ensemble, et nous ne nous serions jamais revus.

— Alors j'ai bien fait de te dire non.

Elle sourit et me regarde :

— Oui.

Pour la première fois depuis que je la connais, Mary me plaît. Son sourire n'a plus rien de forcé, il est tendre et sincère. Ses yeux pétillent, j'ai en face de moi une femme radicalement différente. Une femme qui m'apparaît comme une potentielle relation. Mais ça, je le garde pour moi. Je ne suis pas du genre à céder si facilement. Si Mary me veut, elle devra me le prouver.

Chapitre 12

MARY JONES

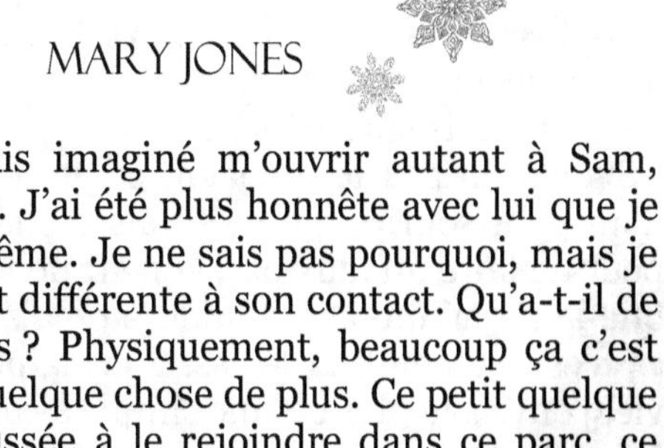

Je n'aurais jamais imaginé m'ouvrir autant à Sam, pourtant je l'ai fait. J'ai été plus honnête avec lui que je le suis avec moi-même. Je ne sais pas pourquoi, mais je me sens totalement différente à son contact. Qu'a-t-il de plus que les autres ? Physiquement, beaucoup ça c'est clair. Mais, il y a quelque chose de plus. Ce petit quelque chose qui m'a poussée à le rejoindre dans ce parc, ce petit quelque chose qui me donne envie de rester, ce petit quelque chose que mon psy qualifie de sentiment. Après la séance révélations si difficile pour moi, il est temps de parler de choses plus légères. Je lui demande donc quelle salle de sport il fréquente, il me répond :

— Celle au coin de la rue, Fit'Attitude. Et toi ?

— Oh, j'ai un coach à domicile.

Il rigole :

— Mary Jones ne se mêle pas au petit peuple.

Je pouffe de rire, comme une ado. Je me permets même de lui donner un petit coup de coude, pas sûre qu'il sente quoi que ce soit vu sa carrure. Je réponds en riant :

— Arrête ! Non, je n'ai pas le temps d'aller et venir. Alors, j'ai ma propre salle de sport à la maison et un coach qui vient à ma demande.

— Tu as une salle de sport chez toi ? Ben dis donc ! C'est la première fois que j'entends ça.

J'ai bien envie de lui proposer de venir la voir, mais je ne veux pas qu'il pense que je l'allume à nouveau. Je me sens suffisamment bête pour m'enfoncer encore plus. Je me contente de dire :

— Oui, j'ai pas mal de machines, on ne dirait pas comme ça, mais je prends soin de mon corps moi aussi.

— Ahah, tu sous-entends quoi là ?

J'adore le voir sourire et rire de cette manière. C'est la première fois de ma vie que je fais rire un homme. Que je prends le temps de parler et plaisanter avec un homme. C'est agréable finalement. Je lui souris sans quitter ses beaux yeux marrons :

— Oh rien de spécial, mais vu ta musculature, tu dois aller souvent à la salle.

— Tu me dragues Mary ?

S'il n'avait pas accompagné sa phrase d'un clin d'œil et d'un petit sourire, je me serais cachée de honte. J'ai si peur de faire un faux pas, si peur de le vexer, qu'il pense que je ne m'intéresse toujours qu'à son corps alors que ce n'est plus du tout le cas. Pour la première fois de ma vie, j'envisage plus qu'une simple séance de sexe avec un homme. Je me joins à son rire et lui réponds :

— Je n'oserais pas Sam.

— Hmm hmm...

Mon téléphone sonne et coupe court à notre petit jeu. C'est mon assistante. Je décroche :

— Quoi ?

— Mademoiselle Jones, nous avons un problème avec l'entreprise textile. Vous pensez revenir bientôt au bureau ?

— C'est quoi le problème ?

— Ils n'ont pas les bons tissus, la production est retardée de deux semaines, au minimum.

Je me lève du banc et fais quelques pas, la chef d'entreprise reprend sa place :

— Non, c'est hors de question ! Je vais venir, ils ont intérêt à trouver une solution, qu'ils aillent à l'autre bout de la planète s'il faut !

— Très bien mademoiselle Jones.

— J'arrive !

Je raccroche, en colère. C'est dingue, il y a beaucoup trop d'incapables autour de moi. Je ne peux pas profiter d'une heure de calme et de tranquillité ! Je souffle, Sam se lève et me dit :

— Je suppose que tu dois y aller ?

— Oui, je dois gérer un problème à la boîte.

Je me rapproche de lui, suffisamment pour avoir à lever la tête pour lui parler :

— Je suis désolée... j'aurais aimé rester plus longtemps.

— Ne t'en fais pas, on continuera cette discussion une autre fois.

— Avec plaisir, autour d'un dîner peut-être ?

Il attrape son sac de sport resté sur le banc et me dit :

— Oui, pourquoi pas.

— Je t'inviterai alors.

— N'est-ce pas à l'homme d'inviter la femme normalement ?

— Sam, on est en 2020. Les temps ont changé.

Son sourire est tellement incroyable. Il est tout simplement incroyable. J'ai envie de l'embrasser, de coller ma bouche contre la sienne. Sentir sa barbe contre ma peau, ses mains se plaquer contre mon dos et me serrer contre lui. Merde, il faut que je contrôle mes pensées ! Je n'ai pas envie de partir, et je crois que lui non plus. Nous restons face à face quelques secondes. Je remarque alors une petite cicatrice sur son sourcil gauche. Putain, quel charme ça lui donne ! Je ne sais même pas comment partir. Je sais que nous nous reverrons, mais rompre le contact me semble insupportable. Quelle gamine je fais ! Il rompt le silence :

— À très vite, Mary.

Il s'approche de moi. Mon cœur s'emballe, que va-t-il faire ? Il se baisse et approche son visage du mien. Mon dieu, va-t-il m'embrasser ? À quelques centimètres de ma bouche, il s'arrête. Mon cœur va rompre ma cage thoracique. Ses merveilleux yeux marrons fixent les miens. Une seconde. Deux secondes. Il dépose un tendre baiser sur ma joue, un baiser chaste et doux. Je ferme les yeux. Je savoure ce court contact. Un frisson parcourt tout mon corps, m'enveloppe comme une couverture chaude et réconfortante. Il fait froid, mais j'ai chaud.

Quand j'ouvre les yeux, il s'éloigne de moi, m'offre un large sourire et s'en va. Et moi, je reste plantée là. Incapable de bouger. Incapable de parler. Je reste là jusqu'à ce qu'il disparaisse complètement de mon champ de vision.

Quand je ne le vois plus, je reprends contrôle de moi-même et rejoins ma voiture.

Chapitre 13

SAM THOMPSON 

Dans la rue, je marche pour rentrer chez moi. Ce moment passé avec Mary m'a plu. Je suis content d'avoir eu l'occasion de discuter un peu plus profondément avec elle. Même si sa bouche ne m'en a pas dit beaucoup, ses yeux l'ont fait. Je commence à apprécier cette femme, du moins la femme douce que j'avais en face de moi quand nous étions seuls. Quand elle a décroché son téléphone, son attitude n'était plus la même. Son visage s'est fermé, sa voix s'est durcie et elle a remis son masque. C'est dommage, mais j'imagine qu'elle vit depuis bien trop longtemps prisonnière de cette attitude. Il va me falloir du temps avant d'espérer qu'elle retire ce masque. Mais, je m'accrocherai. Pour elle, pour son bonheur et sa paix intérieure.

Je ne sais pas ce qui me pousse à désirer son bonheur. Je ne la connais pas, je devrais me foutre royalement de ce qu'elle pense, de ce qu'elle vit et de la manière dont elle le vit. Pourtant, quelque chose en moi me pousse vers elle. Ce même quelque chose qui m'a fait répondre à son SMS, ce quelque chose inexplicable qui me donne envie de la découvrir. Je poursuis ma route tout en laissant mes pensées aller et venir.

Et si, malgré toutes mes croyances, tous mes idéaux, Mary était une femme faite pour moi ? Je ne suis pas du genre à me projeter, pourtant, je ne peux pas m'empêcher de le faire en pensant à elle. Le peu que j'ai découvert d'elle aujourd'hui me plaît, m'attire. Il y a plus, sous cette carapace qu'elle se construit, je sais qu'il y a plus. Pour la première fois, je me mets à penser à son physique. Je suis un homme, pas un moine ! Même si je ne juge pas un livre à sa couverture, putain de couverture !

C'est une femme magnifique. Elle a un sourire à tomber, des yeux verts incroyables et un corps de déesse. Je n'ai pas répondu quand elle a parlé de sport, mais ouais, elle a raison de faire de la musculation. Elle a une silhouette athlétique, des jambes interminables et je comprends bien que ses fesses fassent tourner les têtes.

Ben merde ! Me voilà comme un con à sourire tout en entrant dans mon appartement. C'est sûr, elle me fait de l'effet. Mais elle devra attendre avant de le savoir, hors de question qu'elle me prenne pour acquis aussi vite. Je veux lui montrer qu'on ne peut pas toujours avoir tout ce qu'on veut en claquant des doigts. Il faut qu'elle sache qu'en amour, il faut prendre son temps, il faut laisser les sentiments s'installer avant d'aller plus loin. Je sais que ce n'est pas quelque chose d'habituel pour elle, mais elle devra s'y faire. Je ne couche pas le premier soir.

Je mange un sandwich au jambon et une salade, puis je fais un peu de rangement et de ménage chez moi. Je branche mon portable à l'enceinte musicale et mets un peu de musique pour me motiver. Puisque je travaille presque toujours le soir, j'ai souvent mes journées de libres et j'aime en profiter pour arranger mon appartement.

Je me mets à l'aise, un débardeur et un jogging et je commence à ranger. Après une heure, tout est parfaitement en ordre. Je débranche mon portable et trouve un SMS de Mary :

Mary : Merci pour ce moment, c'était vraiment… spécial. J'ai vraiment envie de te revoir. Je n'ai aucune idée des délais entre deux rendez-vous, je ne suis pas une adepte de ce genre de relation. Quand ça te semblera acceptable, serais-tu d'accord pour un dîner ? Mary.

Un sourire se plaque sur mon visage. Je ne sais pas ce qui m'arrive putain, elle me fait vraiment de l'effet. Je lui réponds très vite :

Sam : Je ne suis pas contre, j'ai ma soirée de libre dans 4 jours. 4 jours, c'est correct comme délai. Je ne vais pas trop te manquer d'ici là ?
C'était un super moment Mary, je suis content d'avoir pu te découvrir un peu sous un angle différent.

En revanche, par pitié ne m'emmène pas dans un de
ces restau' où l'on mange qu'une demi-crevette et un
bébé carotte, j'ai besoin de plus.
Sam ;)

Cette fois-ci, je rigole carrément. Putain quel con ! Je
suis seul dans mon appartement à rire devant mon
Smartphone. Je ne crois pas avoir déjà fait ça avec une
femme. Autre que mes sœurs. Le fait que ce soit Mary
rend la situation encore plus bizarre. Peu importe. Sa
réponse ne tarde pas.

Mary : Promis, tu mangeras plus qu'une demi-
crevette. Tu aimes quoi ? Viande ? Poisson ? 4 jours ça
me semble bien.
Et moi ? Je ne vais pas trop te manquer ?

Sam : La viande c'est parfait ! Je te suis sur ce coup-
là, mais la prochaine fois, je choisis le restau'.
Si jamais tu me manques, tu ne le sauras pas. On ne
peut pas tout avoir en claquant des doigts ;).
Je te laisse bosser tranquille, tu avais l'air de devoir
régler un problème, je ne veux pas te déranger. À très
vite Mary.
Sam

Je pose mon téléphone et allume la télé. Je ne vais pas
commencer à texter comme un jeune amoureux transit
qui ne sait pas se passer de sa belle plus de deux minutes. Surtout qu'elle n'est pas ma belle et que je ne suis
pas amoureux. Peut-être pas encore. On verra. Mon
téléphone sonne, je l'attrape pensant lire le nom de Mary, mais c'est ma sœur :
— Allô, Ana Girl comment tu vas ?
— Bien et toi Sammy Boy ?
Depuis notre enfance, nous avons toujours gardé nos
petits surnoms. Ça semble ridicule pour un mec de cent
quinze kilogrammes qui mesure un mètre quatre-vingt-
treize d'être surnommé « *Boy* », mais je m'en fous.
J'adore la relation que j'entretiens avec ma grande sœur,

nous sommes très fusionnels et avons besoin de nous appeler très souvent. Chloé est un peu plus solitaire, mais nous nous appelons quand même une fois par semaine.

— Ça va bien, comment vont les enfants ?

— Oh tu sais, comme d'habitude. Zoé a été un peu malade, mais ça va bien mieux et heureusement personne d'autre ne l'a été.

— Oh ma princesse ! Fais-lui un énorme bisou de parrain surtout.

— J'y manquerai pas ! Alors, quoi de neuf à Orkney ?

J'ai envie de parler de Mary à ma sœur. Je n'en ai parlé à personne pour l'instant et avoir un avis extérieur me ferait le plus grand bien. Un avis différent de celui de Fred qui me conseille de sauter sur tout ce qui bouge.

J'explique alors à Ana ce qui se passe en ce moment dans ma vie. Je n'omets aucun détail, de sa première approche à notre petit café sur le banc. Quand je termine mon monologue, ma sœur me dit :

— Eh bien, cette femme a l'air d'être une sacrée personne. Comment tu as dit qu'elle s'appelait déjà ?

— Mary. Mary Jones.

— Attends, Mary Jones comme dans Mary Jones Textiles ?

— Ouep' !

— Tu déconnes Sam ? Tu as vraiment tapé dans l'œil de la femme d'affaire la plus puissante du pays ? Et ben mon vieux !

— Comment tu la connais d'ailleurs ?

— Chloé vend sa marque dans la boutique où elle bosse. Puis bon elle passe à la télé assez souvent et fait la une de beaucoup de magazines. Ton beau-frère la trouve très mignonne d'ailleurs.

Ma sœur explose de rire, elle n'est pas du genre jalouse et nous savons tous les deux que Peter ne lui fera jamais de mal. Je me joins à son rire et lui réponds :

— Eh bien, elle est aussi jolie en vrai.

— Qui sait, peut-être qu'on aura l'occasion de la voir pour Noël ?!

— Ouais bien sûr ! Non, pour commencer elle déteste Noël et puis...

Ma sœur me coupe la parole :

— Elle déteste Noël ? Mais comment elle peut détester Noël ?!

— Je ne sais pas, elle s'est refermée quand j'ai demandé. Je pense qu'elle a dû vivre un truc moche à cette période.

— Oh... la pauvre. Bref, en tout cas fais attention à toi Sammy Boy.

— Ne t'inquiète pas pour moi, Ana Girl, je ne laisserai plus personne me faire du mal.

— Je n'en doute pas, mais on sait tous les deux comment tu es quand tu es amoureux. Ne tombe pas raide dingue trop vite, laisse-toi désirer.

Je remercie ma sœur pour ses conseils. Je l'écoute attentivement me parler de ses problèmes de voisinage et nous terminons notre conversation après une bonne heure. Ça m'a fait beaucoup de bien de parler avec elle. Avoir son avis sur ma probable relation avec Mary m'aide aussi à y voir plus clair. Elle ne l'a pas jugée, elle ne s'est pas permise de laisser l'image qu'elle dégage prendre le dessus sur ce que je lui ai raconté. Elle m'a donc conseillé de laisser faire le temps, de laisser notre relation se développer avant d'aller plus loin. Exactement ce que j'envisageais. Et plus important encore, elle m'a rappelé de faire attention à moi. De ne pas tomber trop vite amoureux. Pas comme il m'est déjà arrivé dans le passé. J'ai trop souffert d'ouvrir mon cœur rapidement. Je ne tiens pas à ce que ça recommence.

En attendant, je me contenterai de découvrir Mary, de l'aider à se découvrir elle-même telle que je la vois. En espérant que mon cœur ne cède pas à ce qu'elle cache sous sa carapace. C'est une bonne personne, elle a le droit d'être heureuse, elle a le droit de se laisser aller à ses émotions. Rien ne sert d'étouffer autant ses sentiments.

Je repose mon téléphone et profite d'un peu de calme pour réfléchir tranquillement à tout ça.

Chapitre 14

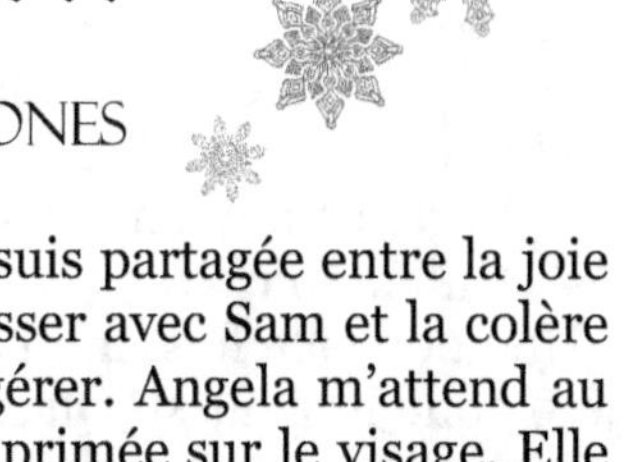

MARY JONES

Quand j'arrive au bureau, je suis partagée entre la joie du moment que je viens de passer avec Sam et la colère de la crise que je vais devoir gérer. Angela m'attend au pied de l'ascenseur, la peur imprimée sur le visage. Elle me connaît, elle sait que ça va être tendu. Je ne parle pas, je la laisse m'expliquer avec plus de détails le problème de l'entreprise de textile.

Quand elle a terminé, nous sommes à mon étage. Je ne sais pas si c'est la douceur de notre rendez-vous avec Sam, mais je me surprends à être un peu trop douce avec mon assistante :

— Bien, je veux le responsable de l'usine dans mon bureau le plus vite possible, s'il te plaît.

Angela s'arrête net, me regarde et secoue la tête très vite avant de s'éclipser. C'est la première fois de ma vie que je dis « *s'il te plaît* ». Décidément, il y a un peu trop de changements dans mon comportement aujourd'hui. Peu importe, je rentre dans mon bureau et navigue sur mon ordinateur pour vérifier quels modèles ne sont pas réalisables. Un pantalon, une jupe, un pull... Ils vont me planter toute la collection ces abrutis ! Je râle, ça frappe à la porte, sans relever la tête je grogne :

— Entrez !

— Mademoiselle Jones, le gérant de l'usine de couture est en route, il sera là dans dix minutes.

— Qu'il accélère le rythme, ou il perdra son job.

Ah me voilà de nouveau moi-même. Mary Jones reprend les commandes ! Mais, Mary Jones ne peut s'empêcher de penser à Sam. À son sourire, ses yeux, ses mots. Il va falloir que j'arrive à me le sortir de la tête si je veux m'occuper de mon entreprise. Je dis à Angela :

— Je le reçois dans la salle de réunion, prépare les documents. Je veux la liste des fournisseurs, les tissus manquants, tout.

— Bien mademoiselle Jones, je peux faire autre chose pour vous ?

— Oui, envoie un assistant me chercher des sushis, je n'ai rien mangé.

— Votre commande habituelle ?

— Oui. Merci.

Une nouvelle fois, mon assistante bloque. J'avoue que je bloque moi aussi. Qu'est-ce-qui me prend ? Je ne dis ni merci, ni s'il vous plaît. Je suis Mary Jones, je n'ai pas besoin de dire ça. Comme elle ne bouge pas, je rajoute :

— Allez, pas de temps à perdre !

Elle quitte la pièce, sans doute aussi confuse que moi. Il faut que je me reprenne. Que je sois plus douce avec Sam ne me pose pas de problème, enfin presque pas, mais je ne dois pas l'être au travail. Ce n'est pas comme ça que je vais gagner de l'argent. La douceur n'a jamais payé dans ce monde.

J'attrape ma tablette et affiche les modèles de vête-ments manquants afin de les avoir sous la main pour la réunion. Je n'arrive pas à me concentrer. Ça commence à m'énerver et je sens que je vais vite perdre patience. Voilà pourquoi je n'entretiens aucune relation sentimen-tale, impossible de réfléchir correctement quand on pense à quelqu'un d'autre que soi-même ! Merde !

J'envoie rapidement un SMS à Sam, peut-être que ça m'aidera à me concentrer. Je n'ai pas le temps d'attendre une réponse, mes sushis sont là et le gérant aussi. Encore une fois, je vais manger en plein milieu d'une réunion. Tablette sous le bras, téléphone dans une main et bouteille d'eau dans l'autre, je me dirige vers la salle suivie par un de mes assistants et ma nourriture.

Je m'assieds, sans dire un mot. Les documents sont sur la table, le gérant est assis et semble très stressé. Bien. Je m'installe, je prends le temps de poser ma ta-blette, mon téléphone, ma bouteille et d'ouvrir la petite boîte en plastique dans laquelle se trouve mes sushis. J'en prends un en bouche, le mâche, l'avale, puis je romps le silence qui s'est installé de lui-même :

— Bon, vous allez vous décider à parler ?

Je suis froide et ferme. Il faut absolument que cet homme comprenne qu'il n'a pas le droit à l'erreur. Pas avec moi. Tremblant, il me dit :

— Je suis désolé mademoiselle Jones, nous n'avons pas reçu une commande de tissu. Ce tissu nous est indispensable pour poursuivre la confection du pantalon Krys, de la jupe Ash et du pull Trish. Nous avons contacté d'autres fournisseurs, mais personne n'a ce tissu.

Je laisse le silence s'installer, je jette un œil à la liste des fournisseurs et demande :

— Vous avez demandé à tous ces fournisseurs ?

Je pose mon doigt sur la feuille devant moi et Angela lui tends la même afin qu'il puisse lire en détail. Mon assistante sait exactement comment je fonctionne. Il remonte ses lunettes rondes sur son gros nez et fait glisser son doigt sur chaque ligne du tableau. Quand il a fini, il me dit :

— Nous avons oublié deux d'entre eux.

— Vous vous foutez de ma gueule ?

Cette fois-ci, il tremble de plus belle. Je suis calme, je parle avec fermeté, mais je ne crie pas. Il bégaie :

— N-non ma-mademoiselle J-Jones...

— Il me semble que vous avez exactement la même liste dans votre usine. Il me semble que vous avez l'habitude de traiter avec toutes ces personnes. Il me semble que vous savez comment je fonctionne monsieur.

— Ou-Oui...

— Alors, vous prenez un téléphone. Vous les appelez immédiatement et vous me trouvez ce tissu.

Il secoue la tête de haut en bas, Angela lui tend un téléphone. Il compose, tremblant, un premier numéro. Avant qu'il ne porte le combiné à son oreille, je dis :

— Avant de lancer l'appel, ressaisissez-vous ! Ne tremblez pas comme ça. Soyez professionnel !

Il me regarde, inspire un grand coup et expire. Je termine mes sushis, vérifiant mes SMS toutes les deux secondes. Toujours aucune réponse de Sam. Que fait-il bon sang ?! Le gérant parle avec les fournisseurs, et finit par me trouver le tissu. Quand il raccroche et me dit qu'il a trouvé, je réponds :

— Vous voyez ? Ce n'était pas compliqué de faire votre boulot ? Si vous l'aviez fait dès le début, ça nous aurait évité une perte de temps considérable. Quand le tissu sera-t-il livré ?

— Je suis vraiment désolé mademoiselle Jones. Dans deux heures.

— Bien. Retournez dans votre usine et employez-vous à la gérer mieux que ça si vous voulez garder votre travail.

Je me lève, prends ma tablette, mon téléphone, ma bouteille d'eau et retourne dans mon bureau. Voilà comment on brasse des millions, sans pitié, sans douceur. Je prends place sur mon fauteuil, regarde une nouvelle fois l'écran de mon Smartphone, toujours pas de réponse. Pourquoi ne me répond-il pas ? Il est peut-être occupé. Occupé à quoi ? Il a dit qu'il ne travaillait pas cet après-midi. À quoi pourrait-il être occupé ? Et puis, pourquoi ça m'intéresse ?

Je repose mon téléphone et me concentre sur l'écran de mon ordinateur. Je lis mes mails, fais le tri, réponds à quelques-uns et m'apprête à signer quelques documents quand la sonnerie retentit enfin. Je me jette sur l'écran lumineux. C'est lui ! Sa réponse me fait sourire :

Sam : Je ne suis pas contre, j'ai ma soirée de libre dans 4 jours. 4 jours, c'est correct comme délai.
Je ne vais pas trop te manquer d'ici là ? C'était un super moment Mary, je suis content d'avoir pu te découvrir un peu sous un angle différent.
En revanche, par pitié ne m'emmène pas dans un de ces restau' où l'on mange qu'une demi-crevette et un bébé carotte, j'ai besoin de plus.
Sam ;)

Une demi-crevette, je pouffe de rire. Même dans les restaurants les plus chers de la planète, je n'ai jamais mangé qu'une demi-crevette. Je rigole et tape ma réponse en souriant :

Mary : Promis, tu mangeras plus qu'une demi-crevette. Tu aimes quoi ? Viande ? Poisson ? 4 jours ça me semble bien.
Et moi ? Je ne vais pas trop te manquer ?

Ma technique de lui poser à mon tour une question pour éviter d'avoir à répondre à la sienne est basique, mais je me vois mal lui dire qu'il me manque déjà. J'ai du mal à me le dire à moi-même d'ailleurs. Enfin, je pense qu'il me manque, sinon pourquoi je n'arrive pas à me le sortir de la tête ? Quatre jours c'est bien, mais ça semble un peu long. Surtout si je dois les passer à penser à lui et à ne pas réussir à me concentrer. Je n'y connais rien en sentiments. On ne peut pas compartimenter le cerveau, les pensées, de la même manière qu'une entreprise ? Ce serait tellement plus simple. Sa réponse arrive vite :

Sam : La viande c'est parfait ! Je te suis sur ce coup-là, mais la prochaine fois, je choisi le restau'.
Si jamais tu me manques, tu ne le sauras pas. On ne peut pas tout avoir en claquant des doigts ;).
Je te laisse bosser tranquille, tu avais l'air de devoir régler un problème, je ne veux pas te déranger.
À très vite Mary.
Sam

Je rigole, comme une gamine écervelée. Mon assistante choisit ce moment pour frapper :

— Quoi ?

Elle entre et me signale un nouveau problème. Cette fois-ci, il semblerait qu'un des appartements que je loue soit en ruine à la suite d'un problème sanitaire. Merde ! Ils ont décidé de me foutre en rogne aujourd'hui ou quoi ?

Je n'ai pas le temps de répondre à Sam, je me dirige avec colère vers l'un des bureaux qui s'occupe de mes locations. Ce n'est pas à moi de gérer ce genre de problème, j'ai des employés pour ça ! Je compte bien re-

mettre les pendules à l'heure et surtout, rappeler à tout
le monde pourquoi ils touchent leurs salaires.

Chapitre 15

MARY JONES

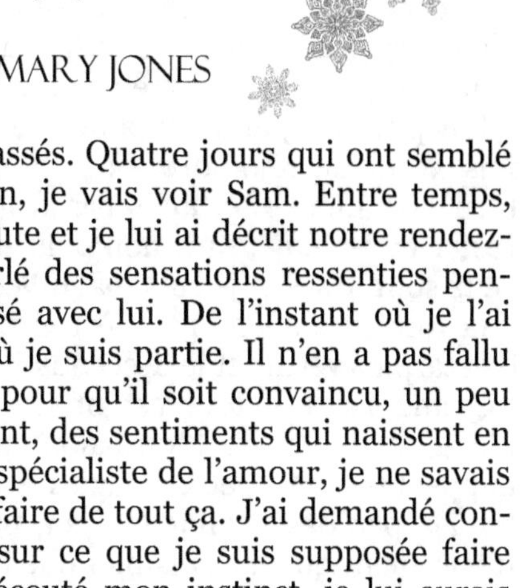

Quatre jours sont passés. Quatre jours qui ont semblé en faire quinze ! Enfin, je vais voir Sam. Entre temps, j'ai revu mon thérapeute et je lui ai décrit notre rendez-vous. J'ai surtout parlé des sensations ressenties pendant ce moment passé avec lui. De l'instant où je l'ai rejoint, au moment où je suis partie. Il n'en a pas fallu plus au docteur May pour qu'il soit convaincu, un peu plus que précédemment, des sentiments qui naissent en moi. N'étant pas une spécialiste de l'amour, je ne savais absolument pas quoi faire de tout ça. J'ai demandé conseil au docteur May sur ce que je suis supposée faire avec Sam. Si j'avais écouté mon instinct, je lui aurais sauté dessus, j'aurais pris tout ce que je voulais sans attendre. Mais, il m'a fait réaliser que ça ne fonctionnerait pas avec lui. J'ai tenté l'approche brute et directe, il a fui. Mon thérapeute me conseille de prendre le temps de faire connaissance, de s'apprivoiser et de se découvrir. Ça semble être ennuyeux à mourir, mais je vais m'y tenir. D'après le docteur May, ça me permettra d'apprendre à réouvrir mon cœur et à laisser l'amour entrer dans ma vie.

Je ne sais pas ce que ça va donner, je ne suis pas sûre d'être prête, mais j'en ai envie. Ces quatre derniers jours m'ont fait réaliser qu'un homme comme Sam, ça ne court pas les rues. Malgré toutes les barrières sentimentales que je me mets, il se pourrait que je passe à côté d'une belle histoire si je ne fais pas d'efforts. Alors, au diable les coups d'un soir, les sous-entendus sexuels, la manipulation et surtout, je compte faire le maximum pour qu'il puisse me découvrir. Ça ne sera pas facile de faire tomber le masque que je porte depuis bien longtemps, mais je ferai de mon mieux. Je vais essayer d'être le plus honnête possible, d'abord envers moi, puis envers lui. En espérant qu'il ne me fasse pas parler de mon passé. Je ne tiens pas à ce qu'il sache à quel point mon cœur est en miettes. À quel point je souffre quand Noël approche, à quel point le souvenir revient me frapper en pleine face à cette période, à quel point sa mort me hante toujours autant, même douze ans après.

J'inspire un grand coup. Je me regarde une dernière fois avant de rejoindre mon salon. Je porte une robe bleu nuit moulante, mais pas trop sexy. J'ai essayé de rester moi-même, sans non plus en faire trop. Mes cheveux sont lissés et je suis maquillée d'un joli fard assorti à la robe et d'un rouge à lèvres rosé. J'enfile une paire d'escarpins vernis et je descends.

Quand j'arrive, tout est prêt. Une jolie table prend place au milieu de mon salon, recouverte d'une jolie nappe blanche. Deux bougies sont disposées dessus, tenues par des chandeliers en argent. L'ambiance est très romantique. Le cuisinier que j'ai engagé est derrière les fourneaux, en train de donner la touche finale au menu de ce soir. Un de mes employés de maison est là, en costume, et s'occupera du service ce soir.

Pour un premier dîner, je ne voulais pas emmener Sam dans un restaurant. Je tenais à garder l'intimité dont j'ai besoin pour me dévoiler. Il est totalement hors de question que j'ouvre mon cœur à qui que ce soit dans un lieu public. Je commence à stresser. Je regarde l'heure sur mon téléphone : dix-neuf heures vingt-huit. Il sera là d'une minute à l'autre.

Dans un coin du salon, j'ai un mini bar. Une petite commode renfermant tous les alcools que j'apprécie. Je m'approche de ce bar, attrape la bouteille en cristal renfermant un whisky aussi vieux que moi et m'en sers un verre. Je l'avale d'une traite. Ça me donnera un peu de courage.

La sonnerie retentit. C'est Sam. Je repose le verre et me dirige vers l'entrée. Je vais lui ouvrir moi-même ça évitera de le mettre mal à l'aise. J'ouvre la porte :

— Bonsoir, Sam.

— Bonsoir, Mary, le portier m'a fait monter.

Il s'arrête et me regarde rapidement de la tête aux pieds :

— Tu es ravissante.

Je me décale pour l'inviter à entrer :

— Merci beaucoup, tu es très beau toi aussi.

Et je le pense vraiment. Sam a fait un effort, il porte un pantalon en toile noir, un t-shirt de la même couleur et une veste de costume en velours vert émeraude. Il est vraiment canon. Ses cheveux sont détachés et vont librement sur ses épaules. Il me tend une bouteille de vin :

— Je ne voulais pas venir les mains vides, même si tu m'as dit de ne rien prendre.

— Oh, il ne fallait pas Sam. Mais, merci beaucoup.

J'attrape la bouteille, loin des vins que j'ai l'habitude de boire, mais c'est l'attention qui compte. J'avance vers la cuisine et pose la bouteille sur le comptoir. Sam regarde le salon et dit :

— Wow ! Sacré appart'.

— Merci, oui c'est pas mal.

Je lui dis :

— J'ai demandé au chef Moore de nous préparer du bœuf pour ce soir, ça ira ?

— C'est parfait merci.

— Viens, on va s'asseoir sur le canapé.

Nous prenons place sur le canapé, en face de nous la table basse est couverte d'amuse-bouches. Le serveur arrive et nous demande :

— Que voulez-vous boire ?

Sam le regarde, et demande :

— Vous avez quoi ?

— Tout ce qui vous fera plaisir monsieur.

— Oh euh... une bière, s'il vous plaît ?

— Quelle marque préférez-vous ?

— Peu importe, je vous fais confiance. Merci beaucoup.

Je suis amusée de le voir si gêné. Je demande au serveur un verre du whisky que j'ai bu tout à l'heure et quand il revient avec nos boissons, nous trinquons. Je le regarde droit dans les yeux et lui dis :

— À cette belle soirée.

Il sourit, il est à tomber par terre. Il me dit :

— À cette belle soirée Mary. Merci pour l'invitation.

Nous faisons claquer nos verres l'un contre l'autre et en buvons une gorgée. Sam ouvre de grands yeux et regarde son verre avant de dire :

— Oh ! Qu'est-ce que c'est bon !

— Tu aimes ? Tant mieux, c'est une bière artisanale. Elle est produite dans un petit village assez loin d'ici je l'importe par avion.

— Ne me dis pas que tu as fait voler un avion pour moi quand même !

J'explose de rire :

— Oui, enfin pour ce soir. Je ne sais pas trop quels sont tes goûts en matière de boisson alors j'ai commandé un peu de tout.

— Tu sais, tu n'étais pas obligée. Je me contente de ce qu'il y a.

— Eh bien, il y a tout ce soir Sam.

Nous entamons les amuse-bouches et discutons en riant. La soirée est légère, nous parlons de notre semaine et de notre travail. Pour l'instant, rien qui ne me fasse paniquer. Je le complimente sur sa tenue et lui sur la mienne. Tout est facile, doux et agréable. Il n'y a rien de trop compliqué jusqu'à présent. Le cuisinier vient nous trouver et nous dit :

— Mademoiselle Jones, monsieur, votre entrée est servie.

Je me lève et Sam en fait de même. Il remercie le cuisinier et nous prenons place, face à face, sur la table nappée pour nous ce soir. Les bougies sont allumées, l'ambiance est parfaite. Une musique douce résonne dans la pièce. C'est plus que parfait. Bien mieux que dans un restaurant bondé. Une fois assis, Sam me demande :

— Tu ne remercies jamais ton personnel ?

Sa question me surprend. Je laisse le serveur remplir nos verres de vin et retourner en cuisine avant de répondre :

— Non. Enfin, je n'ai pas à le faire. Je les paye assez cher, je pense que ça suffit.

— Sans vouloir te contredire, je pense que ça ne suffit pas.

— Ah bon ? Un bon salaire et un bon pourboire ça paye les factures pourtant.

— Oui, mais un merci et un sourire ça fait beaucoup plus plaisir. Crois en mon expérience.

Merde. J'oubliais qu'il fait le même boulot. Il sert les gens lui aussi. Il est toujours souriant et disponible pour les personnes qu'il satisfait. Et moi je joue la patronne autoritaire et pas reconnaissante. Ça provoque un électrochoc en moi. Je devrais être plus gentille avec les personnes à mon service. Les remercier ne me fera pas mal où je pense, et leur procurera peut-être un peu de bonheur. Je baisse la tête tandis que cette pensée me traverse et je réponds :

— Tu as raison. J'ai tellement pris l'habitude que les gens obéissent à toutes mes demandes, que j'en oublie l'essentiel.

— Ce n'est pas grave, mais c'est vrai qu'en tant que serveur, j'apprécie toujours plus un merci et un sourire qu'un pourboire. Surtout quand le sourire vient d'une si jolie femme.

Son compliment me va droit au cœur. Je souris de plus belle. Je suis certaine de rougir. Comment ne pas rougir face à un homme aussi beau qui, en plus, me complimente ? La soirée se passe bien. L'ambiance romantique que je voulais installer est bien là. Tout est parfait. Nous entamons notre entrée avec un large sourire et les yeux braqués l'un sur l'autre.

Chapitre 16

SAM THOMPSON

Mary a sorti le grand jeu ce soir. En plus d'avoir engagé un traiteur génial, elle m'a accueilli dans une superbe ambiance. Chandelles, nappe blanche, musique de fond et repas incroyable. Rien n'a été laissé au hasard. Cette femme est pleine de surprise. Pour une adepte des relations sans lendemain, elle sait y faire côté romantisme.

J'adore cette soirée, elle nous permet de nous rapprocher un peu plus et je suis heureux de découvrir une femme très douce. Elle me parle à cœur ouvert, n'hésite pas à me faire part de ses peurs concernant son entreprise, de ses projets ainsi que de ses rêves. Il ne reste qu'un sujet qu'elle évite avec beaucoup d'agilité : sa famille. Je pense comprendre que sa famille a un lien avec la raison pour laquelle elle déteste Noël, mais elle n'aborde pas le sujet. Même quand je parle de mes projets pour les fêtes, elle ne parle pas des siens. Elle se contente de baisser la tête tristement. Je ne la force pas, mais ma curiosité me donne envie d'en savoir plus.

Quand je vois la facilité qu'elle a à discuter avec moi, je me demande si le moment n'est pas propice pour lancer la conversation. Le serveur qu'elle a engagé dépose devant nous un fondant au chocolat ainsi qu'une coupe de champagne. Je le remercie et dis à Mary :

— Tu as prévu une soirée spéciale pour Noël ?

— Euh... non. Rien de prévu du tout.

Je sens monter la tristesse dans son regard, puis elle baisse la tête rapidement vers son dessert et je perds le contact visuel. Je ne sais pas du tout ce qui me prend et je regrette presque immédiatement mes mots, mais ils sortent seuls de ma bouche :

— Tu devrais venir avec moi.

Elle relève la tête, les yeux pleins de surprise. J'avoue que je me surprends moi-même. Pourquoi je lui propose ça ? Je la connais à peine, je ne sais pas où nous serons d'ici là. À quoi je joue ? Sans doute que de la voir si triste quand elle parle de Noël m'a fait du mal. Je déteste voir les gens souffrir, surtout les gens que j'apprécie. Et contre toute attente, j'apprécie Mary. Elle me répond après quelques secondes :

— Venir où ?

Je sais qu'elle fait semblant de ne pas comprendre. Je pose ma cuillère sur la table, j'attrape sa main et la caresse un peu timidement :

— Chez mes parents, pour fêter Noël.

— Euh... Sam, c'est très gentil... Mais je ne veux pas déranger. Je vais rester ici et... travailler.

Son expression faciale dénote avec ses mots. Ses yeux sont emplis d'une tristesse infinie, sa bouche est tremblante et si elle n'était pas aussi forte, je jurerais qu'une larme coulerait le long de sa joue. Je veux tellement qu'elle soit heureuse :

— Tu ne dérangeras personne, ma famille adore recevoir pour les fêtes. Tu ne vas quand même pas rester ici toute seule face à un ordinateur ?!

— Je fais ça chaque année, ça ne me dérange pas.

— Eh bien cette année je suis là. Je ne te laisserai pas seule !

Je sais que mes mots sont forts. Le sens de ma phrase est lourd. Surtout pour un homme qui ne veut pas craquer si vite aux avances de cette magnifique femme. Noël est dans un mois, qui sait ce qui va arriver d'ici là ? Elle attrape sa coupe, la tend vers moi et je l'imite. Les coupes se touchent, nous trinquons, mais à quoi ? Je lui laisse décider et c'est ce qu'elle fait :

— On verra.

Elle ajoute un clin d'œil et un superbe sourire. C'est une façon très belle de détourner la conversation. Plus je la découvre, plus je l'apprécie. Elle est si douce, si calme, je me risque à lui poser la question qui brûle mes lèvres :

— Mary, qu'est-ce qui t'es arrivé pour que tu sois si triste quand on parle de Noël ?

Son regard, planté dans le mien, se met à briller. Non, je ne veux pas la faire pleurer bordel ! Je rajoute vite :

— Excuse-moi, je ne veux pas te faire de peine...

Elle me coupe et pose à son tour sa main sur la mienne :

— Ce n'est rien. Je vais te raconter ce qui m'est arrivé. Mais je le ferai qu'une seule fois, ensuite je ne veux plus aborder le sujet, d'accord ?

Je m'attends au pire. Pour qu'elle ne veuille pas en re-parler, c'est qu'il doit s'agir de quelque chose de grave. Je la rassure avec tout mon cœur et le plus sincèrement possible :

— Je te le promets Mary.

Elle me sourit, le regard triste. Elle attrape sa coupe de champagne et en avale une longue gorgée. J'imagine qu'elle réunit le courage nécessaire à sa confession.

Chapitre 17

MARY JONES

Je m'apprête à parler de la pire chose qui soit arrivée dans ma vie. Je m'apprête à ouvrir mon cœur et à le faire saigner de nouveau. J'ai besoin de courage. Je le trouve dès que mon regard se pose dans celui de Sam. J'inspire et je commence un long monologue :

— Il y a douze ans, quand j'avais dix-sept ans, j'ai perdu la personne qui comptait le plus au monde pour moi. Ma sœur. Nous avions dix-huit mois d'écart, alors autant te dire que nous étions très proches.

Je me retiens de ne pas pleurer. Parler de Sara de cette manière n'était pas arrivé depuis des années. Je déteste évoquer cet évènement tragique. Je déteste me souvenir de ce qui m'a brisé. Je me contiens, je veux que Sam comprenne, qu'il me comprenne :

— Nous avions de grands projets, elle voulait devenir avocate, moi je voulais monter ma marque de vêtements. Je voulais déjà faire des affaires à cette époque. Nous ne passions pas une journée séparées. Même quand nous avions cours, même quand nous étions dans différentes écoles, nous trouvions toujours le moyen de nous voir. Sara... elle était incroyable, elle était parfaite et elle méritait vraiment tout le bon que ce monde a à offrir...

Cette fois-ci, je ne retiens pas l'unique larme qui roule le long de ma joue. Sam l'essuie avec beaucoup de délicatesse. Il me dit :

— Je suis vraiment désolé Mary.

— Ne t'excuse pas, si je veux que tu me connaisses, il faut que tu saches. Ce qui est arrivé a fait de moi qui je suis aujourd'hui. Sara sortait avec un garçon depuis un moment. Avant Noël, nous sommes allés à la montagne, Sara, son copain, moi et le mien. Oui, je sortais avec un garçon. J'avais dix-sept ans et je me pensais folle amoureuse. Même si ça ne faisait que deux mois.

J'inspire. Aborder ce sujet est bien plus difficile que j'imaginais. Parler de ma sœur est terrible, mais plus l'histoire du drame se rapproche, plus c'est difficile de parler. Après de multiples thérapies, j'ai fini par comprendre que cet évènement m'a transformée à ce point, m'a changée à tout jamais. Pourtant, malgré toutes mes thérapies, je n'arrive toujours pas à en parler. Personne ne m'a jamais entendue raconter ce drame en dehors de mes différents thérapeutes.

Sam caresse ma main, il m'écoute attentivement et semble réellement touché par mon histoire. Je poursuis :

— Donc, le matin du 23 décembre, on a pris la route du retour. Le copain de ma sœur, Kyle conduisait, Sara était assise à côté de lui et Ben et moi étions derrière. Il s'est mis à neiger, Kyle a ralenti. Il roulait doucement, il était vraiment très prudent.

J'inspire un grand coup, lève la tête vers le ciel, avant de continuer :

— Seulement, nous n'étions pas seuls sur la route et le conducteur en face de nous n'était pas aussi prudent...

J'ai besoin de souffler, je vais m'effondrer. Ce souvenir est si douloureux pour moi. Je m'aperçois que les larmes ont coulé sur mon visage. Elles coulent encore, la douleur est toujours aussi forte. J'ai un énorme trou dans le cœur et la brûlure est terrible. Sam se lève et me tend la main :

— Viens.

Sans dire quoi que ce soit, je le suis. Il ouvre l'immense baie vitrée dans le fond de mon salon et m'amène sur le balcon. L'air frais me saisit immédiatement. Sam passe ses bras autour de moi et m'enlace. Ce contact est incroyablement réconfortant. Je laisse aller ma tristesse contre son torse. Je l'entends à peine me murmurer :

— Laisse-toi aller Mary, relâche tout.

Après quelques minutes dans ses bras, je recule la tête :

— Merci, je ne le savais pas, mais c'est exactement ce dont j'avais besoin.

— Je suis là Mary, maintenant, je suis là.

Je souris, il est vraiment parfait. Il a réussi à apaiser ma peine comme personne n'a su le faire en douze ans. Avec ses bras et son cœur. C'est incroyable que ce simple contacte me fasse autant de bien. Je tourne la tête vers la vue que nous offre mon balcon. De là, nous voyons toute la ville, les buildings, les lumières et les voitures en miniature. Je reste dans ses bras pour continuer :

— Nous avons été percutés et la voiture, après de multiples tonneaux, a fini sa route dans le ravin. Il s'est passé un temps considérable avant que les secours ne nous trouvent. Nous étions au fond d'un immense gouffre, les traces laissées par notre voiture lors de sa chute avaient été recouvertes par la neige qui ne cessait de tomber. Les arbres nous camouflaient bien eux aussi. J'ai passé les vingt-quatre heures les plus horribles de toute ma vie. Kyle est mort sur le coup, nous sommes restés à côté de son corps pendant tout ce temps. Ben avait le bras cassé et l'épaule déboitée. Moi, quelques égratignures et la cheville cassée. Ma sœur n'a pas été aussi chanceuse. L'un de nos skis s'est détaché durant la chute et a terminé sa course dans son ventre. Je n'ai aucune idée de comment s'est arrivé, les skis étaient attachés sur le toit.

Je replonge ma tête contre son torse. Je reprends un peu de réconfort avant de poursuivre. Les images me reviennent, les odeurs de sang, le froid, les cris, puis le silence. Tout me frappe à nouveau en pleine tête. En plein cœur. Les larmes inondent mon visage, ainsi que la chemise de Sam. Il me caresse le dos, avec beaucoup de douceur. Je devrais être contente d'un tel rapprochement, mais pour le moment, je me concentre pour ne pas perdre pied. Je tiens à ne plus jamais reparler de ce drame, je ne dois laisser aucune place aux questions. Je respire l'odeur de Sam, l'odeur masculine et très agréable qui vient remplacer le souvenir de celle du sang et de l'essence. Je me détache un peu de lui et continue :

— La voiture était bloquée, les portières également et Ben et moi étions incapables de sortir, malgré nos nombreuses tentatives. Nous étions désespérés de trouver de l'aide pour Sara. Bien sûr, pour renforcer le cliché des films à la télé, nos téléphones n'avaient pas de réseau.

La technologie de l'époque n'était pas à la pointe comme aujourd'hui. J'ai gardé mes mains sur la blessure de Sara pendant des heures, mais ça n'a pas suffi. Elle se vidait de son sang, elle perdait la vie, sous mes mains impuissantes. Avant de fermer définitivement les yeux, elle a réuni le peu de force qui lui restait pour me dire qu'elle m'aimait. C'est la dernière personne à qui j'ai dit ces mots.

Les lumières de la ville me font face, le bras de Sam n'a pas quitté mes épaules. Nous sommes tous les deux face à un paysage magnifique tandis que je raconte une histoire sombre et terrifiante. Deux parfaits opposés. Je poursuis :

— Le jour du réveillon de Noël, nous avons finalement été secourus. C'était trop tard pour Sara. Elle est morte dans mes bras quelques heures avant leur arrivée. Il leur a fallu me donner un sédatif pour que je la lâche. Ben a été admis à l'hôpital, moi j'en suis sortie avec un simple plâtre et un trou béant dans le cœur. Pour Noël de l'année 2007, j'ai enterré ma sœur. J'ai enterré avec elle la personne que j'étais avant cet accident. Quand son cercueil s'est enfoncé dans la terre, je me suis promis à moi-même de ne plus jamais ouvrir mon cœur. Il était hors de question de ressentir cette souffrance à nouveau.

Je me tourne, je fais face à Sam et je le regarde dans les yeux pour finir mon histoire :

— Je n'ai plus jamais repris contact avec Ben, j'ai déménagé à Orkney au mois de janvier, le jour de mes dix-huit ans et je ne me suis jamais retournée. Ma sœur avait fait des économies. Depuis ses seize ans, elle mettait sur un compte tout l'argent qu'elle gagnait de ses jobs d'été pour notre déménagement futur. Dans nos délires malsains, nous avions toutes deux dressées des notes faisant office de testaments. Musique, tenue désirée et surtout à qui nous voulions léguer nos affaires. Ça n'avait rien de légal, mais mes parents ont tenu à respecter sa volonté. J'ai donc hérité de son compte en banque et grâce à ma sœur, j'ai investi dans mon business. Depuis, je me suis fermée à l'amour, sous toutes ses formes. Radicalement, je me suis éloignée de mes parents. Par peur de souffrir. Je n'ai plus jamais fêté Noël et je n'ai plus jamais ouvert mon cœur.

Le silence flotte quelques secondes entre nous. Je suis contente d'avoir pu aller au bout de mon histoire. Il est important pour moi qu'il sache, si je veux que l'on tente quelque chose. J'ai toujours aussi peur de la souffrance que provoque la perte d'une personne chère, mais Sam me fait du bien. Il y a quelque chose chez lui qui me rend heureuse, en quelque sorte. Sa main continue de caresser mon dos de façon douce et réconfortante. Sans dire quoi que ce soit, il me montre qu'il est là, qu'il me soutient. Je brise le silence :

— Tu as des questions ?

— Non. Je suis désolé Mary. Ce que tu as vécu est terrible, je n'ose même pas imaginer ta souffrance.

Il me remet face à lui dans un geste tendre et ma tête entre ses mains, il rajoute :

— Mais je pense que tu as assez souffert pour toute une vie. Il est temps pour toi d'être heureuse. Je suis sûr que tes parents te manquent et que tu leur manques aussi.

Les larmes reviennent inonder mes yeux, mes joues. Il n'a pas tort. Ils me manquent terriblement. C'est une souffrance indescriptible. Et je suis sûre que le chèque que je leur envoie régulièrement ne suffit pas à combler mon absence. Il essuie mes larmes de ses doigts et me dit :

— Ce qui est arrivé à ta sœur est terrible, j'en suis vraiment retourné. Mais, tu as passé tes plus belles années avec elle. Tu ne peux pas regretter de ne pas l'avoir vue, de ne pas avoir partagé tes plus beaux moments avec Sara. Je vais me permettre une question : si quelque chose arrivait à l'un de tes parents, est-ce que le fait de ne pas les voir te ferait réellement moins souffrir ? Ou alors regretterais-tu de ne pas avoir passé plus de temps avec eux ?

— Euh... Je...

Je baisse la tête, mais il la relève pour que nos yeux ne se quittent pas. Je pleure. Il a raison, il a totalement raison. Le docteur May m'a déjà dit ça, je me suis refermée comme une huitre sans l'écouter. Il a tenté plusieurs fois de me faire ouvrir les yeux, mais je n'ai jamais accepté de l'entendre. Pas sur ce sujet. Et comme je n'en ai jamais discuté avec personne d'autre, personne n'a pu soulever cette question.

Il reste silencieux et attend patiemment ma réponse. Je ne sais pas comment lui dire qu'il a raison. Comment fait-il pour voir si clair en moi ? Comment sait-il exactement ce que je ressens ? Je ne le sais même pas moi-même. Le silence s'installe. Il est nécessaire. Je réunis de nouveau mon courage et lui dis :

— Tu as raison Sam, ils me manquent.

— Alors, il est peut-être temps de remédier à ça.

Chapitre 18

SAM THOMPSON 

Je tiens toujours Mary dans mes bras. L'air frais commence à nous faire trembler, mais tant pis. Elle a besoin de relâcher la pression et je veux être celui qui l'aide. Après quelques minutes, elle s'éloigne un peu et me dit :

— On devrait rentrer ? Il fait froid.

— Oui.

Je la suis à l'intérieur et je suis content de retrouver la chaleur de son appartement. Elle se dirige vers un meuble du salon et en sort un plaid qu'elle me tend :

— Tiens, ça te réchauffera.

— Merci c'est gentil.

Je l'attrape et le pose sur mes épaules engourdies. Elle s'enroule à son tour et me propose de prendre place dans le canapé. J'accepte et je m'assieds à côté d'elle. Elle interpelle notre serveur du soir :

— Pouvons-nous avoir un café s'il vous plaît ?

Bien, ses demandes sont plus douces et gentilles que tout à l'heure. Sa carapace se fissure. Elle se tourne vers moi :

— À moins que tu préfères une autre boisson chaude ?

— Non, merci le café c'est parfait.

Elle me sourit, les yeux toujours aussi rouges, mais moins tristes quand même. Le jeune homme s'éclipse et revient en un rien de temps avec un petit plateau, deux tasses fumantes et un sucrier. Mary s'avance vers la table basse et dit :

— Merci. Vous pouvez rentrer chez vous, nous verrons demain pour le ménage.

— Merci mademoiselle Jones, vous êtes sûre qu'il n'y a rien d'autre que je puisse faire ?

— Non, merci vous avez été parfait ce soir. Passez une bonne nuit.

— Merci vous aussi mademoiselle Jones, à vous aussi monsieur.

Je lui souris et le remercie à mon tour, lui souhaitant une bonne nuit également. Je m'adresse ensuite à Mary :

— Je suis fier de toi, tu as été très gentille avec lui.

— J'entends ce que tu me dis Sam, je m'adoucis à ton contact. En temps normal, je lui aurais fait nettoyer toute la cuisine, le salon et la salle à manger jusqu'à très tard dans la nuit.

— Oh, le pauvre garçon !

Je rigole pour détendre un peu l'atmosphère, mais je sais qu'elle l'aurait fait. Et je suis content qu'elle en ait décidé autrement pour ce soir. Elle s'ouvre, elle s'adoucit, elle devient tellement désirable. Quand je la regarde sourire, les yeux rougis, enroulée dans son plaid beige, je la trouve plus belle que jamais. La simplicité de ce moment me rend heureux. J'envisage réellement de contribuer à son bonheur, d'être l'épaule sur laquelle elle se repose. J'évite de remettre le sujet de ses parents sur le tapis, pour l'instant, mais je compte bien m'assurer qu'elle rattrapera le temps perdu et qu'elle ira les retrouver.

Je m'approche d'elle sur le canapé et me penche vers la table basse pour attraper mon café. Cette proximité entre nous me plaît, mais je ne céderai pas ce soir. Même si je meurs d'envie de l'embrasser, de la serrer fort contre moi et peut-être même de lui faire l'amour, ça n'arrivera pas ce soir. Le seul contact que je m'autorise, c'est une étreinte, ou plusieurs. Je ne veux rien précipiter, pour me protéger et pour la protéger. Hors de question que je la fasse souffrir ou que je la laisse me faire du mal. Notre relation se doit d'être belle, douce et positive. Nous pouvons vivre quelque chose de beau si nous y allons doucement, si nous prenons notre temps. Ne prenons pas le risque de tout gâcher en nous précipitant.

Avec une voix beaucoup plus enjouée et bien moins attristée, elle me dit :

— Tu as bien mangé ?

— Oui, c'était excellent. Merci encore pour l'invitation Mary.

— Merci à toi d'être venu. J'avais peur que tu refuses...

— Pourquoi aurais-je refusé ?

— Tu m'as refusé la première fois.

Elle sourit et me fait un clin d'œil. Dieu qu'elle est belle quand elle plaisante. Je lui souris à mon tour et lui réponds :

— Je préfère manger, la nourriture aura toujours mon cœur.

Je rigole à mon tour et nos rires emplissent maintenant la pièce. Son rire est mélodieux, je préfère largement entendre ce son que le bruit de ses sanglots. Cette soirée est riche en émotions, je ne m'attendais pas à tout ça. Je ne regrette pas mon choix d'avoir écouté mon instinct et d'avoir eu envie de la découvrir. Sous ses airs de chef d'entreprise arrogante et hautaine, c'est une femme douce et sensible. Je suis chanceux de pouvoir la découvrir sous cet angle et je ne laisserai pas passer cette chance. Sur une note un peu plus sérieuse, je lui dis :

— Je suis content de te connaître Mary. De te connaître réellement.

— Moi aussi Sam, tu es un homme bien.

Elle pose sa main sur mon bras et rajoute :

— Un homme vraiment bien.

— Je fais de mon mieux pour être à la hauteur. Tu ne le sais pas encore, mais tu es une femme bien aussi.

Je me rapproche d'elle. Ses lèvres m'appellent, mais je lutte contre cette envie viscérale. Je ne dois pas craquer. Pas ce soir, pas si vite. Je pose ma tasse, ainsi que la sienne et je la prends dans mes bras. Je pose mon dos contre le canapé et la garde près de moi. C'est tellement agréable de la sentir respirer contre moi, de sentir son cœur battre contre mes côtes. Je recouvre son bras avec le plaid et profite de ce moment délicieux. Elle murmure :

— Je fais de mon mieux aussi Sam, j'ai arrêté les conneries, j'ai arrêté de m'éparpiller. Je suis toute à toi.

Cette révélation est la plus belle de la soirée. Je ne pensais pas avoir besoin d'entendre ça, mais c'est le cas. L'entendre me murmurer qu'elle est à moi me rassure. Je n'aurais pas souhaité partager cette femme avec qui que ce soit. Je ne considère pas la femme comme un objet, une propriété, mais j'apprécie le fait de savoir que je suis le seul à passer du temps avec elle de cette manière. Je caresse son bras au travers du plaid et lui réponds :

— Je suis tout à toi moi aussi et ça ne changera pas.

Une promesse de futur ? Après de telles déclarations, un baiser serait le bienvenu, non ? Je me redresse un peu, relève sa tête avec ma main. Nos visages sont proches, nos yeux ne se lâchent pas. Je chuchote près de ses lèvres :

— Je ne te lâcherai pas, Mary.

Je me rapproche un peu plus et dépose mes lèvres sur les siennes. Ce baiser aussi doux que chaste provoque en moi un sentiment incontrôlable. Un sentiment puissant qui fait battre mon cœur bien plus rapidement. J'avais promis à ma sœur et à moi-même que je prendrai mon temps et me voilà en train de tomber dangereusement amoureux de cette femme incroyable. Amoureux ? Vraiment ? Je ne sais pas, mais j'ai des sentiments puissants pour elle. Des sentiments que je ne peux ignorer. Même si j'ai peur de souffrir, même si j'ai peur de la décevoir, l'amour commence sérieusement à pointer le bout de son nez. Quel genre de mec se pose autant de question ? Sam Thompson évidemment ! N'importe quel autre type aurait sauté sur Mary entre l'entrée et le plat. N'importe quel autre type se serait moqué de connaître son histoire. N'importe quel autre type, mais pas moi.

Ses lèvres sont douces, notre baiser n'a rien de précipité, nous nous découvrons au travers de ce premier contact. Quand je décolle enfin mes lèvres des siennes, je pose mon front contre le sien. Je reprends mon souffle, elle aussi. Je sens son sourire se dessiner face à moi. Je murmure :

— Désolé, je n'ai pas pu m'empêcher...

Elle rit doucement et répond :

— Désolée, je n'ai pas eu envie de t'en empêcher.

Je pose ma bouche sur son front et l'embrasse avant de reprendre notre position initiale sur le canapé. Un baiser suffit, si je me laisse aller à plus, alors je ne serais plus capable de m'arrêter. Pour le bien de notre relation, il serait préférable de ne pas coucher ensemble ce soir. Je tiens à lui faire découvrir l'amour, le vrai. Pas seulement une relation sexuelle sans sentiments, je veux qu'elle ressente plus qu'un plaisir charnel. Je veux qu'elle sache ce que signifie réellement « faire l'amour ».

Je ne suis pas sûr qu'elle ait déjà eu une relation sexuelle avec un homme qu'elle aime. En tout cas, pas depuis son petit ami de jeunesse. Mais, l'amour n'est pas le même à dix-sept ans et à trente ans.

Chapitre 19

MARY JONES

Lovée contre Sam, je me sens heureuse comme je ne l'ai pas été depuis des années. Seule la musique douce résonne dans le salon et tout est absolument parfait. Je porte encore mes vêtements, lui aussi et pourtant je me sens plus intime avec lui qu'avec n'importe qui dans le passé. Je ne m'attendais pas à ce qu'il m'embrasse le premier, je pensais que je serais forcée de faire le premier pas après un nombre incalculable de rendez-vous. Je dois avouer que c'est la plus belle surprise de la soirée. Ça et sa déclaration. L'entendre me dire qu'il ne me lâchera pas me rassure beaucoup. Ça m'effraie aussi en un sens, mais peu importe. Je laisse mes peurs au placard quand je suis avec lui.

L'heure tourne, je commence à ressentir de la fatigue, mais hors de question de mettre fin à cette soirée. Comme depuis qu'il m'a rencontrée, il lit en moi. Il chuchote :

— Il se fait tard, tu dois être fatiguée. Je vais rentrer.

Je me relève, quittant tristement ses bras. Je me répète en boucle « *Ne brûlons pas les étapes, allons-y doucement pour que ça marche* ». Il se lève, plie le plaid et le pose sur le canapé. Je l'observe, je n'ai pas vraiment envie qu'il parte, mais il vaut mieux pour notre relation naissante.

Il se dirige vers l'entrée et prend sa veste sur le portemanteau. Je m'approche de lui en silence. Je ne sais pas quoi dire après une soirée comme celle-ci. Il ouvre ses bras, m'invitant à me blottir contre lui. Je me dirige vers cette étreinte avec le sourire et un léger pincement au cœur. Quelques secondes, je reste contre son torse : le meilleur endroit que je connaisse désormais. Sans me relâcher, il me dit :

— J'ai passé une soirée merveilleuse avec toi, Mary. Merci pour tout.

— Merci à toi, c'était une soirée parfaite.

Il relâche son étreinte, je recule un peu. Il me regarde et pose sa main sur ma joue avec beaucoup de délicatesse :

— Je pensais sincèrement ce que j'ai dit tout à l'heure. Je suis là, je ne te lâcherai pas peu importe ce dont tu auras besoin. Pour tes parents, pour Noël, pour tout.

Je suis tellement reconnaissante de l'avoir rencontré, de l'avoir près de moi. Je lui souris, je sais exactement ce que j'ai à faire maintenant et je suis vraiment soulagée de pouvoir compter sur lui. Je réponds :

— Je ne te remercierai jamais assez pour tout ce que tu fais pour moi. Je ne sais pas de quelle manière je te serais utile, mais je suis là aussi. Comme je te l'ai dit, je suis toute à toi.

Comme réponse, j'obtiens un second baiser. Un baiser plus passionné, plus intense que le premier. Ses mains me plaquent contre lui, je sens toute sa puissance. Bordel, il m'excite ! Nos langues entrent en contact, bon sang que c'est bon ! Il me soulève et me serre contre lui. Mes pieds ne touchent plus le sol, au sens propre comme au figuré. Je suis sur un nuage de bonheur. Nous mettons fin à ce baiser, il me repose délicatement par terre et, essoufflé, il me dit :

— Je vais y aller maintenant. Bonne nuit Mary.

Il recule, caresse une dernière fois ma joue et ouvre la porte. Avant qu'il ne la franchisse, je dis :

— Bonne nuit Sam.

Nos regards ne se décrochent pas l'un de l'autre pendant encore quelques minutes. Une tension sexuelle et passionnelle emplit le couloir et l'entrée de mon appartement. Il m'adresse un dernier sourire et monte dans l'ascenseur. Une fois hors de ma vue, je ferme la porte. Je plaque mon dos contre cette dernière et me laisse tomber sur le sol. Cette soirée était parfaite. Difficile de m'ouvrir autant à lui, mais c'était nécessaire. Une fois mon lourd passé dévoilé, je me suis sentie plus légère, plus proche de lui que de n'importe qui d'autre auparavant. Mes sentiments se confirment et se renforcent. Même si j'ignorais que c'était de l'amour naissant au début, il m'est impossible de ne pas m'en rendre compte aujourd'hui. Pour la première fois depuis de longues

années, je me lance dans une relation stable et émotion-
nelle. L'ancienne Mary aurait hurlé toute la nuit, la nouvelle Mary va s'endormir le cœur battant.

Le sourire ne quitte pas mon visage, je me relève,
éteins les lumières du bas et au moment de monter, je
bloque. Je me retourne vers le canapé et je décide de
prendre le plaid qui recouvrait Sam. Je sens le tissu et je
suis contente de trouver son odeur partout sur la couverture. Je monte avec et une fois en pyjama, je
m'enroule dedans. Je m'endors en respirant l'odeur
masculine et agréable de mon petit ami. Mon petit ami.
Je pense que je peux l'appeler comme ça, non ?

Le réveil me sort de mon sommeil, je me lève avec le
sourire. Je prends ma douche, je m'habille et me dirige
au rez-de-chaussée. Ma domestique me sert un café, le
ménage a déjà été fait et il ne reste aucune trace de la
soirée d'hier. Je lui dis :
— Merci pour le café et pour le ménage.
Elle ouvre de grands yeux ébahis et me répond :
— De... De rien mademoiselle Jones, c'est normal.
— Oui, mais je me rends compte que je ne vous ai jamais remercié pour votre bon travail. Vous êtes là depuis combien de temps maintenant ? Cinq ans ?
— Oui, six ans en février.
— Effectivement, merci de supporter mes caprices depuis tout ce temps.
— Oh, ce n'est pas si terrible. Merci à vous de m'avoir
embauchée, vous m'avez sauvé la vie.
Je porte la tasse fumante près de ma bouche et je demande :
— Sauvé la vie ?
— Oui, j'étais dans une situation des plus précaires
quand vous m'avez donné ma chance. Je n'avais plus
rien à manger, plus de logement, rien. Vous étiez ma
dernière chance, je songeais sérieusement au pire...
Je repose la tasse, choquée par la nouvelle que
j'apprends. Instantanément, je me sens extrêmement
coupable de n'avoir jamais pris le temps de discuter avec

elle. D'ailleurs, je suis incapable de me souvenir de son prénom. Je suis immonde. Je lui dis :

— Prenez un café, on va discuter.

— Pardon ?

— Oui, ce matin je prends le temps.

— Euh... d'accord.

Elle se sert une tasse et s'installe sur le tabouret à ma droite. Je lui demande :

— Comment vous vous appelez déjà ?

— Emma.

— Emma, je suis désolée. Désolée de ne jamais avoir pris le temps d'apprendre à vous connaître. Tout va changer maintenant. Financièrement, vous en êtes où ?

— Il n'y a pas de mal, vous travaillez beaucoup mademoiselle Jones...

Je la coupe :

— Mary.

— Mary... vous n'avez pas le temps et je le comprends. Je vais bien, je vais mieux j'ai pu effacer mes dettes grâce à cet emploi et à vos nombreuses primes. Je vous en suis très reconnaissante.

— Bien, je tiens à ce que tout se passe pour le mieux pour vous tous. Vous mangez à votre faim ?

— Oui, merci.

Je me sens tellement coupable de n'avoir été qu'une patronne insensible durant toutes ces années. Certes, j'ai assez payé mes employés pour qu'ils vivent aisément, mais comme Sam me l'a fait comprendre : ça ne suffit pas. Pour la première fois, je partage un café avec cette jeune femme que je vois tous les jours depuis bientôt six ans.

Nous discutons comme deux copines, dans une ambiance détendue. L'heure tourne, aujourd'hui j'ai un rendez-vous important pour ma société. Je dis :

— Je vais devoir aller au bureau, mais j'ai envie d'organiser un petit quelque chose si ça vous dit.

— Oui ?

— J'ai envie d'apprendre à vous connaître, tous. Pouvez-vous organiser un petit repas ici ce soir avec tous les employés qui travaillent dans cet appartement s'il vous plaît ? Je vous laisse ma carte bancaire.

— Euh… Avec plaisir mademoiselle Jones…

Je hausse un sourcil pour lui faire gentiment remarquer son erreur et elle se reprend :

— Mary. Vous voulez qu'on mange quelque chose en particulier ?

— Choisissez le menu, je suis sûre que ce sera excellent. Je vous aiderai à préparer à mon retour.

Je me lève, attrape ma veste, mon sac et lui adresse un sourire avant de quitter l'appartement. Je suis de très bonne humeur, mon chauffeur m'ouvre la porte de la voiture :

— Merci.

Il reste interloqué, lui aussi va devoir s'habituer à mon changement. Une fois qu'il monte en voiture, je lui dis :

— J'ai demandé à Emma de préparer un dîner pour ce soir, pour remercier mes fidèles employés. Vous en faites partie bien sûr et je suis ravie de vous y inviter.

Je ne rigole pas, mais l'air choqué imprimé sur le visage de Georges me donne envie d'exploser de rire. Il me répond :

— Je serai là avec un immense plaisir ! C'est une excellente idée mademoiselle Jones.

Je souris et le remercie. Cette idée ne me serait jamais venue en tête sans Sam. Je me dois de l'inviter également, ça me fera une bonne excuse pour le revoir rapidement. Je l'appelle en priant pour qu'il ne travaille pas ce soir.

Chapitre 20

SAM THOMPSON 

Tandis que je pose ma tasse dans l'évier, mon téléphone sonne. Je réponds sans prendre le temps de regarder qui m'appelle :

— Allô ?

— Bonjour Sam, c'est Mary... tu vas bien ?

— Très bien, et toi ? Bien dormi ?

— Oh oui, je n'avais plus aussi bien dormi depuis très longtemps...

— Je suis content de l'apprendre.

Sa voix est douce, posée et elle semble de très bonne humeur. Je peux deviner son sourire rien qu'à l'entendre. Elle me dit :

— J'ai eu une idée, j'ai décidé d'organiser un repas ce soir pour mes employés de maison. Tu es libre ?

— Quelle bonne idée ! Normalement oui, mais j'attends l'appel de mon patron. Il a peut-être besoin de bras en plus pour un évènement, rien de sûr encore.

— Oh. D'accord, tu me diras...

La déception que j'entends dans sa voix me fait un peu de peine. Je la comprends, elle fait des efforts et s'attend à ce que je sois là pour assister à son changement. Je dois avouer que je préfèrerais être à sa soirée que travailler, mais j'ai pris des engagements professionnels, je me dois de les tenir. Je réponds :

— Ne t'inquiète pas, si ce n'est pas ce soir ce sera un autre soir beauté.

Sans même la voir, je sais que son sourire renaît sur son visage. J'en suis ravi. Elle me répond :

— Oui, c'est vrai.

— Je te manque déjà c'est ça ?

Le silence se fait dans le combiné. Un silence qui répond à ma question, mais j'attends sa confirmation. Sa jolie voix vient à mes oreilles de nouveau :

— Hmm, oui je dois l'avouer. Hier soir c'était... comment dire...

Je l'interromps poliment :

— Magique ?

— Oui, c'est le mot. Tu m'as fait comprendre des choses, des choses essentielles qui m'avaient échappées depuis bien longtemps.

— Je suis vraiment heureux de l'apprendre Mary, je suis heureux de te faire prendre conscience de la bonté qui vit en toi. Ta vie n'en sera que plus belle.

— Grâce à toi. Je dois te laisser, je suis arrivée au bureau. À ce soir, j'espère.

— Je t'envoie un message au plus vite. Je t'embrasse.

Je raccroche, le sourire aux lèvres. Je n'y peux rien, elle m'envoûte. Pour une fois, j'espère que mon patron n'aura pas besoin de moi ce soir. En attendant, je prépare mes affaires et file à la salle de sport.

Après une longue séance de sport et quelques courses, mon patron m'appelle enfin. Je pose mes sacs en papier et décroche, impatient de connaître le programme de ma soirée :

— Salut Will !

— Salut Sam, je t'appelle concernant la soirée de ce soir.

Sa voix est étrange, je ne l'ai jamais senti aussi fébrile. Sans doute le stress d'une longue journée, je lui réponds :

— Oui, j'attendais justement ton appel, tu as besoin de moi ?

— Non, c'est bon. J'ai appelé Fred et Jill, ils viendront bosser à ta place.

— Ça marche ! Vous êtes assez alors ?

— Oui, oui t'inquiètes pas. Passe une bonne soirée Sam à plus !

— Merci, à plus Will !

Je raccroche, décontenancé. Pourquoi faire appel à deux serveurs de plus au lieu de me prendre comme il était prévu ? Son attitude était étrange, différente de d'habitude. Je ne m'attarde pas trop sur ça et me contente d'accepter sa décision. J'envoie un rapide SMS à Mary pour lui demander l'heure du dîner de ce soir. Sa réponse arrive tout de suite :

Mary : 19 heures 30, c'est bon pour toi ? Je suis contente que tu sois libre.

Sam : Parfait. Hâte de te voir ma belle.

Je pose mon téléphone sans attendre sa réponse et commence à ranger mes achats. En prenant le métro, je suis chez Mary en trente minutes. J'ai largement le temps de me détendre avant l'heure du dîner. Je m'installe dans mon canapé et lance un film.

Après presque trois heures d'action, j'éteins la télévision et pars me préparer. Je ne sais pas trop comment la jouer ce soir. J'ouvre mon placard et finis par choisir un jean simple ainsi qu'une chemise. Habillé, mais pas trop. Je laisse mes cheveux aller sur mes épaules et enfile mon manteau noir avant de quitter l'appartement. Au pied de mon immeuble, un homme en costume m'interpelle :

— Vous êtes Sam Thompson ?

— Euh oui, bonsoir. Vous êtes ?

— Bonsoir monsieur, j'ai été appelé par mademoiselle Jones pour vous conduire ce soir.

Je manque de partir en fou rire total. Je me retiens tant bien que mal, je ne voudrais pas manquer de respect à cette personne. Je demande :

— Moi ? Vous êtes sûr ?

— Oui.

Il s'approche de la voiture noire que je n'avais pas vue avant et ouvre la portière. Je m'approche lentement, peu sûr de savoir ce que je dois faire. Je n'ai pas envie de faire perdre son temps à cet homme, mais je suis un peu gêné de devoir accepter de monter dans sa voiture. Je pouvais prendre le métro, je l'ai fait hier. Tant pis, je monte. Je dirai à Mary que ça me gêne et que je ne tiens pas trop à ce que ça se reproduise. Il démarre et je demande :

— Vous êtes un employé de Mary ?

— Non, je suis chauffeur pour une entreprise privée. Parfois, mademoiselle Jones nous embauche pour véhiculer des personnalités.

— Oh je vois. Merci en tout cas.

— Avec plaisir monsieur.

J'aime bien Mary, je m'entends très bien avec elle et j'aime cette relation naissante. Malgré cela, ce genre d'attention me gêne un peu. J'aurais tout à fait pu prendre le métro. Je reste silencieux tout le long du trajet. Il me tarde d'arriver et de parler avec Mary.

Chapitre 21

MARY JONES

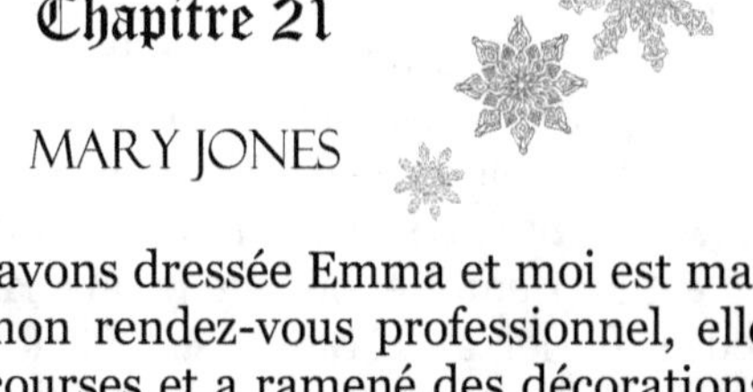

La table que nous avons dressée Emma et moi est magnifique. Pendant mon rendez-vous professionnel, elle est sortie faire des courses et a ramené des décorations et de quoi préparer un repas merveilleux. La grande table de la salle à manger est donc recouverte d'une nappe bleue, de confettis en forme de flocons et d'une large guirlande pailletée. Même si mon cœur se serre encore à la vue de cette déco, je suis heureuse de faire ça.

Cette après-midi, et pour la première fois depuis des années, j'ai cuisiné. Avec l'aide d'Emma bien sûr. Elle a choisi de préparer une dinde énorme, accompagnée de légumes en tout genre. Je l'ai aidée au mieux, étant pour une fois à son écoute. Je suis contente d'avoir appris à couper des légumes, à farcir une dinde et à faire cuire le tout. Il aura fallu plus de quatre heures pour que la dinde soit prête. Je ne savais pas que cuisiner prenait autant de temps. Il est vrai que d'habitude, je mets les pieds sous la table et tout m'arrive sous cloche. Je ne me rendais pas compte du travail qu'il y a derrière une assiette chaude. Je me sens encore plus reconnaissante maintenant.

Pendant que le plat poursuivait sa cuisson, nous avons fait plusieurs tartes. Pomme, cannelle, citrouille et noix de pécan. Une tradition dont j'ignorais tout. Je me suis amusée comme une folle et j'ai passé une excellente journée. Une fois la nourriture prête, nous sommes parties chacune de notre côté pour nous préparer.

J'ai choisi une petite robe bleue, assortie à la décoration, des escarpins comme toujours et je me suis coiffée et maquillée simplement. Il me tarde que tout le monde soit là, surtout Sam. J'ai fait jouer mes relations pour qu'il ait sa soirée. Son chef n'était pas trop d'accord au début, mais le don de deux mille euros à son entreprise l'a rapidement fait changer d'avis. Je ne sais pas si Sam sera d'accord avec ce que j'ai fait, mais je ne pouvais pas m'en empêcher. Je pense qu'il sera reconnaissant, qui choisirait de travailler au lieu de passer une agréable soirée ? Je rejoins le rez-de-chaussée et me sers un verre de vin avant l'arrivée de tout le monde.

C'est la première fois que je fais ça, je suis un peu nerveuse. Parler avec Emma est facile, qu'en sera-t-il des autres ? J'ai envie d'apprendre à les connaître, je veux rattraper mes erreurs. La porte s'ouvre et Emma fait son entrée, elle me dit :

— Je n'ai pas frappé, j'aurais dû ?

— Non, vous avez bien fait.

Je la regarde et la découvre pour la première fois sans son uniforme. Elle porte un pantalon en jean très proche du corps et un magnifique chemisier bleu, je lui dis :

— Vous êtes ravissante, nous avons choisi de nous assortir ce soir.

Elle rigole avec moi et me remercie :

— Merci beaucoup, vous êtes très belle aussi.

— Merci, ce n'est pas trop ?

Je tourne sur moi-même assez vite. Quand je reprends ma position initiale, elle me sourit :

— Non, c'est très bien.

Je lui propose un verre qu'elle accepte et pour la première fois, je la sers et non l'inverse. Elle est plus à l'aise que tout à l'heure et j'ai l'impression d'être avec une copine plus qu'avec une employée. C'est agréable finalement. Nous discutons un peu et le reste des convives fait son arrivée petit à petit. D'abord Georges et son épouse, Karen, Lina et Amy arrivent ensemble et mes deux autres domestiques de maison Kyle et Jessie. Cette soirée commence bien, mais il manque le plus important pour moi : Sam.

Au moment où Kyle et Jessie nous apprennent leurs fiançailles, la sonnette retentit. Je me dirige vers la porte et je suis vraiment ravie de tomber nez à nez avec Sam. Il m'adresse un sourire magnifique et je fonds. Je ne sais pas si je dois l'embrasser ou pas. Nous n'avons pas vraiment clarifié notre relation, mais nous savons tous deux que nous nous embarquons dans quelque chose de sérieux. Je n'ai pas à me poser la question plus longtemps, Sam franchit le pas de la porte et m'embrasse tendrement, entourant mon visage de ses mains. Il recule légèrement la tête, colle son nez contre le mien et me dit :

— Bonsoir, beauté.

Telle une adolescente impressionnée, je murmure :

— Bonsoir, toi...

Il embrasse mon front rapidement et me dit :

— Merci pour la voiture, mais ce n'était pas nécessaire.

— Oh tu parles, ce n'est rien. Je voulais t'éviter l'enfer souterrain.

Je rigole un peu, je n'ai jamais pris le métro et je n'y tiens pas forcément. De ce qu'on entend, c'est sale et dangereux. Même si un homme comme Sam ne doit pas craindre grand-chose, son corps ne le protègera pas forcément d'un couteau ou d'un pistolet. Il y a tellement de faits divers que ça fait froid dans le dos ! Il me sourit et rajoute :

— Ne t'en fais pas, je suis habitué je l'utilise tout le temps. Merci quand même, c'était... différent !

Je ne le comprends pas, qui préfère prendre le métro plutôt qu'une voiture avec chauffeur ? Je ne m'attarde pas et l'entraîne vers la table où tout le monde est installé. Il pose son manteau sur un portant prévu à cet effet et je dis :

— Je vous présente Sam, mon...

Je bloque. Mon petit-ami ? Oui, je devrais le dire, mais les mots ne sortent pas. Je n'ai pas prononcé ce genre de phrase depuis si longtemps. Plus d'une décennie. Heureusement, il termine assez vite ma phrase et ma gêne ne se voit même pas :

— Son petit-ami !

Le fait qu'il le dise lui-même à voix haute me conforte encore plus, je ne me faisais donc pas d'idée. Nous sommes ensemble, je suis vraiment en couple. Oh, ça c'est nouveau. Tout est nouveau ce soir.

Il fait le tour de la table et serre la main de chaque personne présente, il est tellement à l'aise et souriant. Quand il demande si tout le monde va bien, il a l'air de réellement s'intéresser à la réponse. Il est tellement altruiste, c'est la première fois que je vois ça chez quelqu'un. Je propose à Sam de lui servir à boire tandis qu'il prend place à table. Je m'installe à mon tour et lui tends son verre de bière. Emma lève son verre et dit :

— Trinquons à mademoiselle Jones ! Merci pour cette soirée, c'est une merveilleuse idée !

Tout le monde crie en chœur :

— À mademoiselle Jones !

Je me sens terriblement gênée, ce qui est très bizarre. Je fais des conférences, des présentations et autres allocutions devant des centaines de personnes et une petite dizaine m'impressionne ? Merde ! Je souris et réponds :

— Merci à vous, merci de prendre soin de mon appartement et de moi. J'espère que vous accepterez que nous apprenions à mieux nous connaître et pourquoi pas faire de ce dîner le premier d'une longue série !

Je m'étonne moi-même, mon changement est tellement soudain et brutal. On dirait un virage à trois-cents soixante degrés ! Pour l'instant, je vis assez bien ce changement, mais qu'en sera-t-il quand j'irai plus loin ? Il me faudra beaucoup plus de courage pour affronter mes parents. J'en tremble d'avance, la main de Sam se pose sur la mienne, il me demande doucement :

— Ça va ?

Effectivement, je tremble réellement. Je regarde nos mains entrelacées, puis je plonge mon regard clair dans le sien :

— Oui, tout va bien ne t'inquiète pas.

Il me sourit. Un sourire rassurant et qui calme immédiatement mes tremblements. Un sourire qui signifie aussi « nous en parlerons plus tard ». Je lui rends son sourire et nous commençons tous à grignoter les différents amuse-bouches présents sur la table.

J'apprends beaucoup sur les personnes qui travaillent pour moi. Georges et Penelope ont fêté leurs vingt-cinq ans de mariage il y a un mois, Lina et Amy ont fait leurs études ensemble et vivent également toutes les deux en couple. Karen habite dans un petit appartement en ville et m'avoue que sa carrière a décollé depuis qu'elle travaille pour moi. J'en demande un peu plus :

— Comment ça ? Tu faisais quoi avant ?

— J'habillais des femmes pour des soirées, mais rien d'extraordinaire. Depuis que je vous habille, je m'occupe aussi de grandes stars pour des soirées d'exception. Votre nom sur mon CV a fait beaucoup pour moi.

Je suis heureuse d'entendre ça. Même si je suis une peste bien trop exigeante, j'ai quand même apporté du positif aux personnes qui travaillent avec moi. Amy prend la parole :

— C'est valable pour nous aussi ! Nous n'étions personne dans ce monde et désormais nous sommes sollicitées pour de grands évènements !

Je souris, je ne m'attendais pas à entendre tout ça. Je n'échange jamais plus d'un mot avec mes invités de ce soir et je le regrette fortement. Malgré cela, je suis soulagée de voir que j'ai eu un impact plus que positif dans leurs vies. À défaut de m'être intéressée à elles, je les ai aidées.

Je ne suis pas si mauvaise que je le croyais finalement.

Chapitre 22

SAM THOMPSON

Mary m'impressionne, elle est radicalement différente. Elle s'intéresse à tout le monde et discute en riant. L'opposé de la personne qui m'avait ouvertement proposé de coucher avec elle sans me connaître. Je passe une soirée vraiment agréable. Le repas est excellent et l'ambiance est au rendez-vous. Si au début ils étaient un peu réservés, ils finissent tous par se lâcher, ce qui rend l'ambiance encore meilleure.

Peu avant le dessert, Kyle et Jessie décident de sortir sur le balcon pour fumer une cigarette. Mary se lève et commence à débarrasser les assiettes. Visiblement, c'est une première pour elle. Elle les empile n'importe comment et manque de tout faire tomber. Je rattrape la pile *in extremis* et lui dis :

— Attends, je vais t'aider.

Je repose tout sur la table et vide toutes les assiettes dans une seule. Tandis que je reprends tout en main, elle me dit :

— Merci, j'ai un peu de mal.

— J'ai vu ça oui. T'inquiète pas, j'ai l'habitude.

Je soulève la pile d'assiettes sales et me dirige vers la cuisine, suivie de Mary et des couverts qu'elle tient en main. Je lui demande :

— Je te mets ça où ?

— Euh...

Elle se tourne vers Emma qui emballe les restes, cette dernière me répond :

— Sur le plan de travail ça sera parfait. Merci beaucoup.

Je m'exécute et Mary aussi. Quand je me retourne vers elle, je remarque qu'elle semble triste d'un coup, je relève son menton de ma main et lui demande :

— Ça va ?

— Oui, oui. Je me sens juste un peu bête...

— Pourquoi ?

J'ai l'impression de m'adresser à une enfant. Elle joue avec ses doigts et semble très embarrassée. Je caresse sa joue doucement et elle me dit doucement :

— Je ne sais même pas débarrasser quelques assiettes et pire encore je ne sais même pas où se trouve le lave-vaisselle dans ma propre cuisine. Je me repose sur tous ces gens à mon service et en deviens incapable de me débrouiller seule.

— Ce n'est rien, il te suffit d'apprendre. Je suis sûre qu'en un rien de temps tu pourras faire plein de choses sans l'aide de personne.

— Si tu le dis...

Elle s'éloigne de moi pour rejoindre la table et y dépose les petites assiettes à dessert. Je me place dans son dos et positionne ma main sur son bras :

— Ne sois pas triste pour si peu Mary, tu as peut-être vécu d'une manière depuis des années, mais ça ne signifie pas que les choses ne peuvent pas changer. La preuve, ce dîner est une réussite.

— Tu as raison...

Elle pose le regard sur la baie vitrée. De l'autre côté, Kyle, Jessie, Karen et Amy discutent en riant. Sur le canapé, Georges, Pénélope et Lina discutent aussi. On dirait une soirée entre amis tout ce qui a de plus classique. Un dîner de fête avec des gens qui s'entendent très bien. Elle repose son regard clair sur moi et poursuit :

— Je veux me rattraper, j'ai fait trop d'erreurs avec eux. Ils ont toujours répondu présent au moindre de mes caprices et je me suis comportée comme une garce. Pas un merci à Georges en dix ans de service. Je suis tellement centrée sur moi-même que je ne savais même pas que Kyle et Jessie allaient se marier. J'ignorais tout de la relation entre Lina et Amy alors qu'elles s'occupent de moi presque tous les jours.

— Ne te prends pas la tête pour ça, tu te rattrapes merveilleusement bien.

Je la prends dans mes bras et embrasse le sommet de son crâne. Elle sent bon, un mélange de parfum hors de prix et de gel douche fruité. Ses bras passent dans mon dos et elle augmente la pression pour me rapprocher un peu plus d'elle. Ces étreintes sont si puissantes. Elles provoquent en moi un flot d'émotions, de sentiments incontrôlables. J'ai promis à ma sœur d'y aller doucement, de me protéger, mais je sens que je peux craquer à tout moment. Mary murmure :

— Je suis contente que tu sois là.

— Moi aussi, heureusement que Will n'a pas eu besoin de moi finalement.

Elle recule un peu la tête et m'adresse un clin d'œil :

— De rien.

De rien ? Comment ça ? Elle n'aurait quand même pas… Je la regarde, interloqué :

— De rien ?

Son visage change d'expression, elle n'a plus la même assurance qu'il y a deux secondes. Elle s'échappe vers le plan de travail de la cuisine pour attraper une tarte. Je reste planté là et j'attends ma réponse, priant intérieurement qu'elle n'ait pas fait ce que je crois. Quand elle revient vers moi, je répète ma question :

— De rien ? Mary, explique-moi.

— Y'a rien à expliquer Sam, j'avais très envie que tu sois là ce soir c'est tout.

— Et ? Qu'est-ce que tu as fait ?

— On en parlera plus tard.

Elle pose la première tarte sur la table et Emma arrive avec deux autres en main. Ce n'est pas le moment d'avoir cette conversation. Je pense comprendre pourquoi Will était aussi bizarre et surtout pourquoi il a préféré embaucher deux serveurs au lieu d'un. Mary m'ignore et retourne chercher la quatrième et dernière tarte. Elle la pose sur la table et reprend sa place. Je fais la même chose qu'elle. Hors de question de gâcher la soirée avec une dispute. Cependant, je tiens à lui dire ce que je pense de tout ça une fois qu'on sera seuls.

Les discussions reprennent de plus belle. Chacun se sert du dessert, rit et parle avec beaucoup de joie. Je fais de mon mieux pour rester dans la bonne humeur du début de soirée et discute comme si tout allait bien. Mary pose sa main sur la mienne et je réponds à sa caresse tendrement. La soirée se poursuit, mon énervement baisse en intensité. Je sais qu'elle a toujours eu l'habitude d'avoir ce qu'elle désire, elle met tout en œuvre pour cela et n'a pas encore compris que je ne fonctionne pas de la même façon.

Quand le café est terminé, quand il ne reste plus une seule part de tarte dans les assiettes, les invités décident de partir. J'entends Emma demander à Mary :

— Voulez-vous que je nettoie tout ce soir ?

— Non, rentrez chez vous, on verra demain. On réorganisera les emplois du temps aussi.

— Très bien. Bonne nuit à demain.

J'adresse un large sourire à tout le monde ainsi qu'un signe de la main :

— Bonne nuit à tous ! Rentrez bien.

Une fois la porte d'entrée fermée, Mary se tourne vers moi avec un immense sourire :

— C'était génial comme soirée ! Ils sont tellement gentils !

Elle semble euphorique. Je me sens bête de devoir mettre fin à cette joie, mais je n'ai pas le choix. Je dois savoir ce qu'elle a fait réellement. Je m'approche d'elle et tout en prenant sa main, je demande :

— Alors, tu as fait quoi avec mon patron ?

Ma voix est douce, je préfère être gentil et délicat, même si je ne suis pas content de son comportement. Si je l'agresse, elle se renfermera. Elle caresse mes doigts et répond :

— J'ai fait en sorte que tu sois libre ce soir, c'est tout. Tu as passé une bonne soirée ?

— Ne change pas de sujet s'il te plaît, comment tu as fait en sorte que je sois libre ?

Elle retire sa main et part en direction de la cuisine. Elle a l'air de se vexer. Elle se sert un verre de vin et me répond :

— Je n'ai rien fait de mal, j'ai juste offert une petite somme à ton chef pour qu'il te laisse ta soirée.

— Tu rigoles là ?!

— Ben non.

Elle m'avoue son acte avec un tel naturel. J'en suis décontenancé, elle a pris l'habitude de tout contrôler. Elle va devoir comprendre qu'il est hors de question qu'elle en fasse de même avec moi ! Je passe ma main dans ma barbe, je cherche une manière douce de lui faire savoir :

— Écoute Mary, ce que tu as fait... ça ne me plaît pas du tout.

Elle avale une gorgée de son verre et le pose sur le comptoir un peu violemment :

— Pourquoi ? Parce que je t'ai offert une agréable soirée avec moi plutôt qu'une soirée à bosser ? T'aurais préféré servir des gens toute la soirée ?

— Non, il n'est pas question de ça. Il est question de libre arbitre. Je sais que tu as l'habitude de contrôler tout ce qui gravite autour de toi, mais moi je ne veux pas que tu me contrôles.

— Tu ne crois pas que t'exagères un peu là ? Contrôler ? Carrément ? Ton patron a gagné de l'argent en plus et toi t'as eu une soirée de libre. Tout le monde est gagnant ! Je ne vois pas où est le mal !

Son ton est un peu plus sec. Elle se renferme. Je devrais me radoucir pour continuer cette conversation, mais la façon dont elle s'adresse à moi ne me plaît pas du tout. Je sais qu'elle a encore beaucoup à apprendre sur moi, sur les attitudes à avoir dans un couple, mais je ne veux pas laisser passer :

— Le mal c'est de croire que tu peux tout obtenir en claquant des doigts ! Ce n'est pas le cas Mary ! Il faut laisser les choses se faire. J'ai un travail et j'y tiens, qu'est-ce-que je deviens, moi, si je perds mon boulot ? Tu as pensé à ça ?

— Mais arrête de te prendre la tête pour rien ! Pourquoi tu perdrais ton travail ? Pour une ridicule soirée ?

— Je passe pour qui si ma petite amie appelle mon patron, lui offre de l'argent en échange de ma soirée ? Mary il faut que tu comprennes que je suis ton petit ami, pas un de tes employés. Tu ne peux pas me forcer à me plier à tes désirs. Ça vaut également pour mon emploi du temps et mon patron !

— Oh il n'était pas malheureux de recevoir un virement de deux milles balles ton patron ! Il ne va pas t'en tenir rigueur ne t'inquiètes pas ! Tous les patrons sont les mêmes face à quelques billets. Et je ne te force à rien, si tu ne voulais pas venir il fallait le dire !

Elle sort de ses gonds, si je m'écoutais j'en ferais de même, mais je pense que ça ne mènera à rien. Notre relation est naissante et Mary est une personne qui a du mal avec les sentiments, hors de question de tout briser maintenant. Je décide d'être la voix de la sagesse et je m'approche d'elle lentement. Avec une voix plus douce, je dis :

— Je voulais venir et j'ai passé une excellente soirée.

— Alors pourquoi tu insistes tant avec ça ?

Sa voix s'adoucit elle aussi, je l'attire vers moi et lui réponds :

— Je veux juste que tu comprennes que même si j'ai envie de passer du temps avec toi, mon travail est tout aussi important.

— Oui, je sais. Mais... C'était très important pour moi que tu sois là ce soir.

— Je vois ça. Écoute, la prochaine fois au lieu d'appeler mon patron et de lui donner de l'argent, tu me dis directement combien ça compte pour toi et j'essayerai de m'arranger. On fait comme ça ? Plus de coup en douce ?

Elle me sourit légèrement et me répond :

— D'accord, on fait comme ça.

Je me penche vers ses lèvres et l'embrasse tendrement. Elle me dit :

— J'ai encore beaucoup à apprendre en matière de relation... Je suis désolée Sam.

— T'inquiètes pas, je suis là pour t'aider.

Elle pose sa tête sur mon torse et j'apprécie ce moment de tendresse. Je préfère le calme et la douceur. Je comprends combien ça doit être compliqué pour elle d'être dans une vraie relation, c'est pourquoi je lâche l'affaire et préfère la câliner. Sa peau contre la mienne, je sens le désir monter. Non, je ne dois pas céder. Pas aussi vite. Non pas qu'elle ne soit pas sincère avec moi, mais je ne veux pas que les choses aillent trop vite et que nous gâchions tout avec du sexe.

Mais, merde ! Les sentiments que je ressens pour elle, sa douceur et sa beauté me donnent terriblement envie d'elle. La façon qu'elle a de passer ses mains dans mon dos, ça me fait frissonner.

Je suis un homme, comment résister dans une telle situation ?

Chapitre 23

MARY JONES

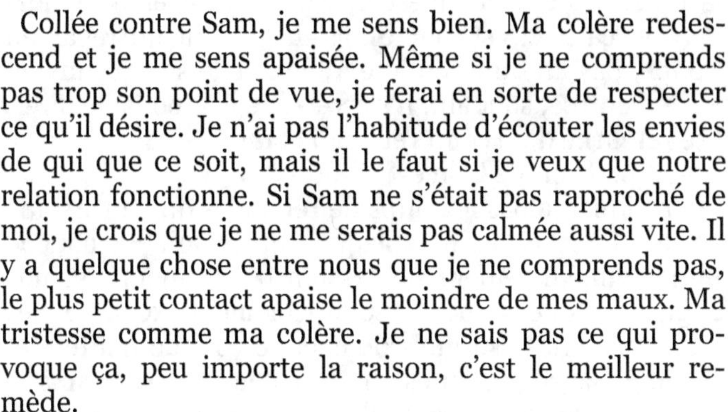

Collée contre Sam, je me sens bien. Ma colère redescend et je me sens apaisée. Même si je ne comprends pas trop son point de vue, je ferai en sorte de respecter ce qu'il désire. Je n'ai pas l'habitude d'écouter les envies de qui que ce soit, mais il le faut si je veux que notre relation fonctionne. Si Sam ne s'était pas rapproché de moi, je crois que je ne me serais pas calmée aussi vite. Il y a quelque chose entre nous que je ne comprends pas, le plus petit contact apaise le moindre de mes maux. Ma tristesse comme ma colère. Je ne sais pas ce qui provoque ça, peu importe la raison, c'est le meilleur remède.

Notre étreinte dure, je ressens une envie indescriptible d'aller plus loin. Sentir son corps puissant contre le mien provoque en moi une vague intense de désir. Je n'ai qu'une envie là tout de suite : le faire monter dans ma chambre. J'ai tellement peur qu'il refuse, que je n'ose même pas l'embrasser.

Pourtant, ma petite culotte risque de prendre feu d'une seconde à l'autre. Ses mains caressent mon dos, de ma nuque au creux de mes reins. Je frissonne d'envie. Soudain, il recule légèrement et met fin au contact de nos corps. Il ferme les yeux, les ouvre à nouveau et me dit :

— Mary... Si on reste aussi proches, je vais craquer...

Il a autant envie que moi alors, intéressant. Il termine sa phrase :

— Mais je ne veux rien précipiter entre nous. Je n'ai vraiment pas envie de gâcher ce qu'on construit toi et moi pour une simple partie de jambes en l'air...

— Je sais... Moi non plus je ne veux pas précipiter les choses. Mais, j'avoue que si je laissais parler mon envie, je t'emmènerais en haut.

Il inspire profondément, visiblement il tente de réprimer son envie presque autant que moi. Il me dit :

— Je devrais rentrer...

Je ne m'attendais pas à ça et je dois avouer que je suis déçue. Je pense cependant qu'il n'a pas tort. S'il reste là avec moi, je ne saurais me contrôler. Et si nous prenons la décision d'attendre, d'y aller doucement, il faut qu'il parte. Après tout, ce n'est que notre troisième rendez-vous, et ça n'en est même pas un. C'était un repas en groupe, pas un dîner en tête à tête. Je le suis jusqu'à la porte d'entrée, soudain, il s'arrête. Je l'entends inspirer, il se retourne d'un coup vers moi et dit :

— Et puis merde ! On est adultes !

Je n'ai même pas le temps de répondre qu'il m'attrape par les hanches et me plaque contre lui. Sa bouche prend immédiatement possession de la mienne et nos langues entament une danse terriblement excitante. Ses mains passent désormais de chaque côté de ma tête et ses doigts agrippent mes cheveux courts. Mes mains le cherchent, avides de ce qu'il a à m'offrir. Je sens ses muscles au travers du fin tissu qui compose sa chemise. Il est tellement bien foutu ! Notre baiser gagne en inten-sité, notre excitation monte en flèche. Sam me soulève et j'écarte les jambes pour les enrouler autour de lui. Il met fin à notre baiser :

— Où est ta chambre ?

Essoufflée, je réponds :

— En haut première porte à gauche.

Il se met à marcher et je pose ma bouche dans son cou. Il se déplace avec beaucoup d'aisance alors que je suis dans ses bras. Il a une force incroyable ! Je ne vois pas où nous en sommes, mais connaissant les lieux, je dirais qu'on est arrivés. Il ouvre la porte avec une main et j'allume la lumière. Je le vois inspecter la pièce très ra-pidement, il s'avance vers le lit et m'y dépose tout en restant au-dessus de moi.

Nos lèvres se retrouvent et se goûtent avec beaucoup d'envie. Son corps au-dessus du mien, tout ce dont j'ai rêvé. C'est déjà très chaud entre nous, mais le désir monte d'un cran quand il se redresse et retire sa che-mise. Je crois que mon cœur manque un battement. Mon dieu. Je n'ai jamais vu un mec aussi bien taillé. Ses muscles sont dessinés, je peux compter ses abdos de là où je suis. Il est encore mieux que dans mes rêves. Sur son avant-bras, un énorme tatouage prend toute la place. Je ne m'attarde pas sur le motif, on verra plus tard.

Je me redresse et descends la fermeture sur le côté de ma robe, puis je l'enlève. Je me retrouve en string et en soutien-gorge sans bretelle. Il se mord la lèvre en me regardant, je crois qu'il aime ce qu'il voit. Malgré le nombre de mecs qui ont défilé entre mes cuisses, c'est le premier à me regarder avec autant d'intensité. Un mélange d'envie et de... sentiments ? Je crois. Je n'y connais rien, mais il me regarde vraiment comme si j'étais importante. Ça me touche, ça me donne encore plus envie. Il revient au-dessus de moi, mais il lui reste un vêtement.

J'attrape la ceinture de son jean et lui dis :

— Tu es encore trop habillé.

Un gémissement grave sort de sa bouche, il dépose un baiser sur ma clavicule et se relève. Il défait son jean et le jette au sol. Merde. Tout est proportionnel chez lui à en croire la bosse sous son boxer. Il revient dans sa position initiale et me dit :

— Ça te va comme ça ?

— C'est presque parfait...

Il me coupe et m'embrasse avec envie et passion. Je place mes jambes autour de ses hanches et nos deux corps brûlants se collent, prêts à ne faire qu'un. Quand je le sens contre mon intimité, je gémis d'envie. Sam décolle ses lèvres des miennes et les dépose sur mon cou, mon épaule, ma poitrine, mon ventre. Ses cheveux chatouillent mon corps au passage. Merde, qu'est-ce que c'est excitant ! Il sait faire monter la pression.

Je me tords d'envie, je ne vais pas tenir.

Je ne vais quand même pas avoir un orgasme avant même qu'il me pénètre ?! Si ?

Chapitre 24

SAM THOMPSON 

Le corps de Mary sous le mien est brûlant. Ses petits gémissements quand je passe ma bouche sur sa peau me donnent encore plus envie. Mon boxer est prêt à éclater. Mes mains la découvrent, touchent ses courbes féminines si attrayantes. Je retire délicatement son string et place ma main au niveau de son entre cuisse. Elle est déjà bien trempée. Putain que c'est excitant !

J'entre un doigt en elle et de mon pouce caresse son clitoris. Elle se tend en dessous de moi, je dois m'y prendre convenablement. Elle gémit et m'excite encore plus. Je continue de jouer avec mes doigts encore quelques minutes et je prépare son corps à la pénétration.

Il est temps de passer à l'étape suivante. L'étape qui m'effraie un peu si je suis honnête avec moi-même. Je n'ai pas eu de relation depuis tellement longtemps, j'espère être à la hauteur et ne pas la décevoir. Je remonte vers son visage et l'embrasse avant de lui demander :

— Tu as un préservatif ?

Elle me répond, haletante :

— Oui, dans le tiroir de la table de chevet.

Prévoyante. Je n'ai pas envie de penser tout de suite à la raison pour laquelle elle a une boîte pleine de préservatifs dans sa table de chevet. Finalement, heureusement qu'elle les a, car moi je n'en ai pas un seul.

Tandis que je retire mon boxer pour enfiler le morceau de latex, elle enlève son soutien-gorge et tamise la lumière. Je reviens vers elle et recommence à l'embrasser passionnément. Les quelques secondes à fouiller dans son meuble ne nous ont pas refroidis pour autant. La pression monte, dans tous les sens du terme. Ses jambes autour de mes hanches, elle est prête. Je regarde son visage, son magnifique visage. Ses yeux verts très clairs me fixent, pleins d'envie. Elle est si belle, si douce, les sentiments s'accentuent dans une telle position.

Je caresse son visage délicatement et l'embrasse avec tendresse. Je sens sa main passer de mon bras à mon torse, de mes abdos à mon sexe. Elle me guide à l'entrée de son intimité et je m'enfonce lentement en elle, elle murmure :

— Oh, Sam...

La sensation est dingue. La sentir autour de moi, même avec le bout de plastique, est incroyable. Je m'arrête, pour la laisser s'adapter à ma taille. Puis, lentement, je commence à aller et venir en elle. Ses parois sont étroites et se resserrent sur mon sexe. Putain que c'est bon !

Je l'embrasse et la sens gémir dans ma bouche. Ses petits cris font frissonner l'extrémité de mon sexe. Elle resserre les jambes autour de mes hanches et je profite du petit espace entre son dos et le matelas pour passer ma main sur ses fesses. Elle ne m'a pas menti, elle est très musclée. Ses fesses sont rebondies et très fermes. Elle s'accroche à mon cou et gémit de plus belle. Je ne vais pas tenir longtemps de cette manière.

Je continue mes mouvements et le plaisir grimpe de plus en plus haut. Le sien aussi puisque ses cris sont de plus en plus bruyants. Cette nana, c'est un trésor. Elle m'embrasse passionnément, ce qui déclenche en moi l'apogée de mon plaisir. Je jouis et je gémis contre elle. Au même moment, elle gémit très bruyamment et se contracte tout autour de moi. Dieu qu'elle est belle à cet instant précis !

Je la repose doucement sur le lit et me pose un instant à côté d'elle. Elle est essoufflée, moi aussi. Je garde ma main posée sur son ventre et profite de ce moment de douceur incomparable. Je l'embrasse sur la tempe et lui demande :

— Ta salle de bain se trouve où ?

— C'est la porte de droite.

Je relève la tête et découvre sur un mur de sa chambre deux portes entrouvertes. Je me lève et ramasse mes affaires sur le sol avant de me diriger vers la salle de bain. J'entends Mary me rejoindre. Je jette le préservatif et elle me demande :

— Tu veux prendre une douche, avec moi ?

— Bien sûr.

Elle fait couler l'eau depuis un pommeau immense, dans une douche tout aussi démesurée. On pourrait y faire se doucher une équipe de foot ! La voir nue devant moi, me redonne envie d'elle. Doucement Sam, ne va pas faire une surdose de sexe.

Je la suis sous la douche et c'est elle qui prend les devants. Elle se colle contre moi, l'eau ruisselant sur nos deux corps. L'envie remonte, mon sexe aussi. Elle passe ses mains sur mes muscles, recule la tête de mon épaule et pose ses yeux sur mon torse. Elle me dit :

— Wow, t'es... wow.

— Wow ? C'est un mot qui signifie quoi ?

Je me moque un peu d'elle, gentiment. Elle rigole et me répond :

— T'es canon, t'es vraiment bien foutu.

Je lui souris et la regarde rapidement de la tête aux pieds :

— T'es magnifique Mary, t'as un corps de rêve ...

Sa bouche se fond sur la mienne, je vais devoir lui refaire l'amour dans cette douche si elle continue. Nos langues dansent sans interruption, un ballet enivrant et excitant. Mes sentiments pour elle sont forts, en si peu de temps, je me suis attaché à Mary comme je ne l'aurais jamais imaginé. Comme je me l'étais refusé depuis un long moment. L'eau chaude fait monter la température entre nous, comme si nous avions besoin de ça. Ses lèvres se décrochent des miennes et elle embrasse mon torse avec passion et envie. Sa petite bouche si belle qui descend dangereusement vers le milieu de mon corps, j'en frissonne d'envie.

Elle descend encore, puis me pousse en arrière gentiment. Mes mollets tapent sur un rebord, je regarde : un banc. Elle a un banc dans sa douche ?! Je n'ai jamais vu ça de toute ma vie ! Il prend toute la longueur du mur et est fait des mêmes carreaux que le reste de la salle de bain.

Je m'y assoie, comme elle me l'indique. Elle appuie sur un panneau tactile à l'intérieur de la douche. Je n'ai aucune idée que ce que c'est, mais soudain l'eau se transforme en fine pluie de liquide chaud. Sacré robinet !

Elle se rapproche de moi et se met à genoux entre mes cuisses. Oh putain. Si elle s'apprête à faire ce que j'imagine... Elle dépose sa bouche sur mes pectoraux, puis sur mes abdominaux. Sa poitrine ferme et ronde se frotte à mon sexe. Ce simple contact m'excite au plus haut point. Si je m'écoutais... Non. Plus elle descend, plus je suis en transe. Je laisse ma tête aller en arrière, et se cogner contre le mur dans mon dos.

Quand sa bouche délicate se pose sur mon sexe, je crois mourir. Elle l'embrasse d'abord délicatement, puis le lèche de sa base à son extrémité. Putain ! Sa langue chaude m'arrache plusieurs gémissements. Elle s'y prend tellement bien, bordel. Même si je ne suis pas du genre à accorder plus d'importance au sexe qu'à la relation en elle-même, je dois dire que là... Je peux rapidement tomber amoureux si elle continue à faire ce genre de choses.

Sa bouche s'ouvre en grand autour de mon pénis. Putain ! Je l'entends gémir, je la sens baver sur moi. J'ai tellement envie d'elle, là tout de suite. Je ne peux poser mes mains que sur le haut de son corps alors que j'aimerais bien m'occuper d'elle moi aussi.

Après plusieurs minutes de plaisir incommensurable, elle s'arrête et se positionne jambes écartées au-dessus de moi. Il va me falloir toute la force du monde pour ne pas la pénétrer immédiatement et sans prendre le temps de mettre une protection. Elle m'embrasse et me dévore, mes mains ne lâchent pas ses fesses. Entre deux baisers langoureux, je lui demande :

— Tu attrapes un préservatif ?

Elle me regarde dans les yeux et hoche la tête, elle se lève et sort de la douche. En une fraction de seconde la revoilà devant moi. Elle a des boîtes planquées partout ou quoi ? Elle déchire l'emballage, m'enfile le préservatif et revient au-dessus de moi. Elle attrape mon sexe et le frotte contre le sien habilement. Même le plastique qui nous sépare ne me prive pas de la sensation incroyable que provoque ce geste. Puis lentement, elle descend sur moi, je m'enfonce en elle. Sa tête contre mon cou, je sens son souffle s'accélérer. Elle mène la danse, pour mon plus grand plaisir.

Je pose mes mains sur ses cuisses tandis qu'elle se soulève puis s'abaisse sur moi. Sa poitrine fait des va-et-vient contre ma bouche. Putain c'est une déesse. Pour quelqu'un qui ne voulait pas précipiter la relation, je ne regrette pas d'avoir laissé mon envie prendre le dessus. Mary est exceptionnelle, elle me fait jouir comme aucune autre femme avant elle. Plus incroyable encore, elle fait naître dans mon cœur un début d'amour.

J'espère qu'elle saura prendre soin de mon cœur, même si elle a encore beaucoup de choses à apprendre en matière de relations.

Chapitre 25

MARY JONES

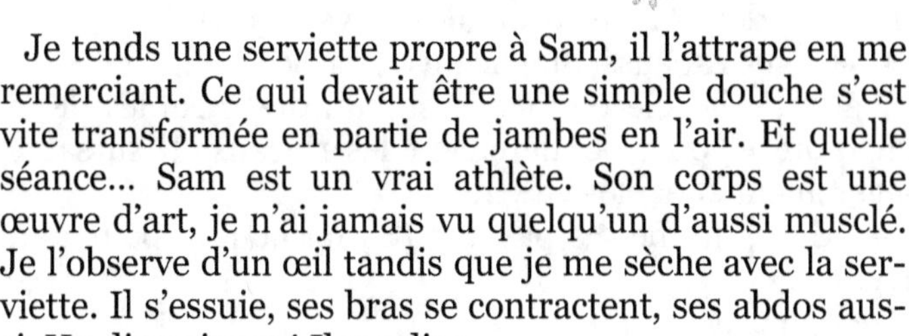

Je tends une serviette propre à Sam, il l'attrape en me remerciant. Ce qui devait être une simple douche s'est vite transformée en partie de jambes en l'air. Et quelle séance... Sam est un vrai athlète. Son corps est une œuvre d'art, je n'ai jamais vu quelqu'un d'aussi musclé. Je l'observe d'un œil tandis que je me sèche avec la serviette. Il s'essuie, ses bras se contractent, ses abdos aussi. Un dieu vivant ! Il me dit :

— Tu as une sacrée salle de bain ! T'es sûre que tu vis seule ?

Il rigole, je réponds en riant aussi :

— Oui, mais j'aime avoir de la place. Je te ferai visiter une fois qu'on aura remis des vêtements.

Il s'approche de moi et me prend dans ses bras par derrière :

— Hmm remettre des vêtements, c'est bien triste. Mais d'accord, je veux bien faire le tour du propriétaire.

Il termine sa phrase et dépose un baiser sur mon cou. Je lui souris :

— Oui, mais on pourra toujours les enlever à nouveau après.

— Coquine.

— Toujours.

Je lui fais un clin d'œil aguicheur et passe un dernier coup de serviette sur ma poitrine. Dans un placard à côté de mes lavabos, j'ai un pyjama plié. Je l'attrape et l'enfile, sans sous vêtement. Sam se rhabille et remarque que je n'ai rien mis sous ma nuisette, il me dit :

— Tu comptes me faire visiter habillée comme ça ?

— Euh... Oui pourquoi ?

— J'espère que tu n'as pas beaucoup de pièces, je ne vais pas tenir longtemps si tu restes dans cette tenue.

Je lui souris et lui attrape la main pour lui faire visiter mon appartement. Nous retournons dans la chambre et je lui dis :

— Bon, la chambre c'est fait. Il n'y a rien de spécial ici...

— Tu rigoles ! Ton lit fait deux fois la taille du mien !

Il s'approche de l'immense baie vitrée, camouflée par d'épais rideaux blancs dont il soulève un pan :

— La vue est aussi dingue qu'en bas je vois !

J'attrape la télécommande sur un des meubles de la chambre et ouvre entièrement les rideaux. Il sursaute légèrement et explose de rire :

— Mary, ne me dis pas que t'as un bouton pour tout ici !

Je rigole avec lui :

— Si, enfin presque.

— Décidément, je ne suis pas au bout de mes surprises avec toi.

Il revient vers moi et inspecte rapidement la pièce du regard :

— C'est sympa.

Je l'invite à me suivre à nouveau et lui montre mon dressing. Enfin, plutôt la pièce qui me sert à ranger mes vêtements, accessoires et chaussures... Le rêve de toute petite fille quoi ! Là, il sourit et me dit :

— Eh bien... T'as de quoi faire !

— Oui, j'adore la mode !

Il fait le tour rapidement et respectueusement, puis nous sortons de ma chambre. Dans le couloir, je l'emmène d'abord vers mon bureau, tout aussi démesuré. Il me complimente sans trop en faire et je poursuis le tour. Je lui montre la bibliothèque, le spa et je termine en beauté. Devant la dernière porte, je lui demande :

— Tu es prêt ?

Ne voyant absolument pas de quoi je veux parler, il me demande :

— Prêt pour quoi ?

— Ça va devenir ta pièce préférée.

J'ouvre la porte et lui dévoile ma salle de sport. Il entre, bouche bée. Je dois avouer que cette pièce est digne d'une salle de sport professionnelle. Sur le plus grand pan de mur, un immense miroir prend toute la place. Face à lui, un tapis de course, une station de musculation complète, différents poids et des tapis de sol.

Dans un autre coin de la pièce, un vélo elliptique, un rameur et un peu plus loin, un sac de frappe. Sam a l'air d'un enfant, il me dit :

— Mais... Mais... Mary c'est génial tout cet équipement.

Il s'approche de la station de musculation et la regarde de plus près avant de s'écrier :

— Mais c'est une Smith Machine HGX250 ! Oh putain !

Il la caresse et la regarde de plus près, je lui réponds :

— T'as l'air de t'y connaître, en tout cas elle est super cette station. Je peux faire plein d'exercices avec elle seule.

— Ah ça je veux bien te croire ! Y'a cinquante possibilités de travail ! C'est dingue ! Le propriétaire de ma salle voulait changer les anciennes par celle-ci, mais c'était un budget trop important du coup il a pris un modèle en dessous.

Je ne réponds que par un sourire, le laissant passer aux autres machines. Cependant, je garde cette information en tête et m'occuperai de trouver le propriétaire de sa salle pour remédier à ça. Si Sam veut s'entraîner sur cette machine, il le fera. Bien sûr, je lui laisse libre accès à cette salle personnelle, mais le connaissant il refusera de venir ici tous les jours.

Une petite voix dans ma tête ne peut s'empêcher de me faire la morale, mais je ne l'écoute pas. Je sais qu'il n'a pas apprécié que je lui fasse avoir sa soirée, mais là ce n'est pas la même chose. Là il s'agit juste d'améliorer son confort d'entraînement. Il regarde le sac de frappe et me dit :

— Tu boxes ?

— Oui, un peu.

— Wow, sacré bout de femme !

Il se rapproche de moi et me prend la main tout en regardant autour de lui :

— Et tu as raison, c'est ma pièce préférée !

Je lui souris et lui dis :

— Tu peux venir ici quand tu veux. Je te donnerai le code de la porte d'entrée.

Ses yeux s'écarquillent et il me demande :

— T'es sérieuse ?

— Oui, si le matériel t'intéresse et que tu veux t'entraîner avec tu peux.

— C'est vraiment très gentil Mary, je ne viendrai pas tous les jours, mais je veux bien venir de temps en temps. On pourra faire du sport ensemble.

Je savais qu'il ne viendrait pas tous les jours, il m'a dit qu'il faisait de la musculation une fois par jour, sept jours sur sept. Mon coach sera très content d'avoir un homme comme Sam sous la main, ils pourront faire de la musculation à un niveau plus élevé que le mien. Même si je suis très sportive, je ne vaux pas un professionnel comme Joe et encore moins un Sam Thompson.

Nous sortons de la pièce et nous retournons dans la chambre. Là, je demande :

— Tu as soif ? Faim ?

— Soif oui.

— Tu veux un verre d'eau ou autre chose ?

— Je veux bien de l'eau, s'il te plaît.

Je me dirige vers la cuisine et Sam me suit. Je nous sers à tous les deux un grand verre d'eau bien fraîche. Nous nous asseyons sur les tabourets hauts de la cuisine et je trouve le moment parfait pour aborder un sujet important :

— Sam, je voulais te demander quelque chose.

Mes doigts se retrouve à tapoter nerveusement le verre devant moi. J'ai beaucoup pensé à cette conversation aujourd'hui, je n'imaginais pas qu'elle viendrait après une petite discorde et du sexe, mais tant pis. Sam sent ma nervosité, il pose sa main sur la mienne et me dit :

— Ne sois pas nerveuse, parle-moi.

— Je... J'ai beaucoup réfléchi aujourd'hui à ce dont on a parlé hier. Je pense que tu as raison, il est temps que je vois mes parents.

Je ne pensais pas dire cette phrase, surtout à environ un mois de Noël. J'ai besoin de beaucoup de courage pour les affronter, mais je sais que Sam peut m'apporter ça. Je termine ma phrase :

— Tu accepterais de m'accompagner à Redonia ?

— Oui. Tu veux y aller quand ?

Je ne m'attendais pas à une réponse positive aussi rapide. Je suis tellement étonnée que je reste sans voix. Après quelques secondes de silence bizarre, il répète :

— Mary ? Tu veux y aller quand ?

— Euh, je ne sais pas. Soit on fait ça comme on arrache un pansement. Le plus vite possible avant que le peu de courage et de détermination que j'ai s'évaporent. Soit on fait ça plus tard, on reporte à un moment moins... festif.

— Tu veux mon avis ?

— Bien sûr.

— Arrachons le pansement.

Chapitre 26

MARY JONES

Nous sommes en décembre. Le pire mois de l'année pour moi. Je finis de remplir ma valise, la boule au ventre. La semaine qui vient de s'écouler fut digne d'un manège à sensations. Un coup motivée comme jamais, un coup à deux doigts de tout annuler. Dans ces moments-là, au lieu d'appeler le pilote de mon jet, j'appelais Sam. Quelques mots réconfortants plus tard, je me retrouvais regonflée à bloc. Le départ est pour demain matin.

Comme Sam a passé la nuit chez moi la dernière fois, j'ai accepté de dormir chez lui ce soir. Je n'ai aucune idée de ce qui m'attend. J'appréhende un peu, je suis habituée à un certain confort de vie. Je suis lamentable, je le sais, mais quand on vit dans le luxe et la technologie pendant si longtemps, le retour à la « normale » fait un peu peur. Je boucle ma valise, vérifie mon sac une dernière fois et descends au salon.

La neige est annoncée partout et connaissant Redonia, toutes les routes sont déjà blanches. Emma est là, je lui dis :

— Bon, j'ai toutes mes affaires, je reviens dimanche soir, ou lundi matin. Je vous enverrai un message pour vous prévenir.

— Très bien, mademoiselle Jones.

— Qu'est-ce que je vous ai dit Emma ?

— Pardon, Mary.

Mardi, nous avons eu une réunion avec l'ensemble de mes employés personnels. J'ai changé tous les plannings et pris en compte leurs emplois du temps personnels. J'ai également retiré le dimanche de leurs journées de travail. En dernier point, je leur ai demandé à tous de m'appeler par mon prénom à partir de maintenant. De cette manière, nos relations deviennent un peu plus amicales et détendues. J'ai remarqué qu'ils travaillaient désormais avec de larges sourires. Je prends le temps de discuter avec eux, de m'intéresser sincèrement à leur vie, et ça me fait du bien. Ce changement qui s'opère en moi, Sam en est à l'origine. Notre relation me permet de m'épanouir et de m'ouvrir aux autres. Finalement, ce n'est pas si terrible. Je souris à Emma et lui dis :

— Bon week-end Emma.

— Merci, vous aussi, Mary.

Je la remercie et quitte l'appartement, ma grosse valise derrière moi. Georges m'attend en bas, il m'ouvre le coffre et m'aide à y loger mes affaires :

— Merci Georges. Vous allez bien ?

— Bien merci et vous ?

— Très bien, merci.

Je monte en voiture, direction l'appartement de Sam. Sur le chemin, je lui envoie un SMS :

Mary : Je suis sur la route, j'arrive.

Sam : Je t'attends, ma chérie.

J'ouvre grand les yeux sur mon écran. Ma chérie ? Il a vraiment écrit ça ?! Je suis partagée entre le choc et l'excitation. Personne ne m'a jamais appelée comme ça depuis... depuis ma sœur. C'était le surnom préféré de Sara. Elle adorait m'appeler comme ça.

Mon cœur se serre, mais il s'accélère également. Sam, mon Sam. Il ne savait pas, il ne pouvait pas deviner que ce simple surnom pourrait remuer mes tripes de cette manière. Mais d'un côté, je suis sa chérie. Sa petite amie. Je souris, une petite larme au coin de l'œil. Je préfère ne pas répondre à ce SMS. Je le retrouve dans quelques minutes, je le prendrai dans mes bras. J'en ai vraiment besoin.

J'arrive rapidement en bas de son immeuble. Je descends et sors ma valise du coffre avec l'aide de Georges avant de lui souhaiter un bon week-end. Je m'approche de la porte vitrée où le verre est fissuré, ça change beaucoup. Je trouve le nom de Sam sur l'interphone et j'appuie dessus.

Sa voix, déformée par la médiocrité du haut-parleur me dit :

— Mary ? Monte, c'est au troisième étage.

La porte se déverrouille dans un bruit strident et je la pousse pour pénétrer dans le hall. L'ascenseur est minuscule, je tiens à peine dedans avec ma grosse valise. J'appuie sur le bouton qui indique le troisième étage. C'est dégoutant, tout collant et ça pue la pisse ou un mélange d'égouts et de vomi. Un bruit assourdissant retentit quand l'ascenseur démarre. Il ne m'inspire aucune confiance cet engin, à tous les coups il va tomber en panne avant que j'arrive au niveau demandé.

Je ferme les yeux et prie intérieurement. La cabine s'arrête brusquement et les portes s'ouvrent sur mon petit-ami. Sam me sourit et tend la main vers ma valise :

— Bonjour, beauté.

Il m'embrasse rapidement avant de rajouter :

— Prête à entrer dans mon univers ?

Je suis gênée, je le regarde dans les yeux et lui souris :

— Oui, oui. Impatiente de voir comment vit Sam Thompson.

Il rigole et me prend la main pour m'emmener jusqu'à la porte de son appartement. Je commence à appréhender. La porte est en bois, rayée et abimée. Il l'ouvre et pose ma valise dans l'entrée, ou plutôt directement dans la salle à manger, cuisine ? Je rentre, c'est assez petit, surtout pour un homme comme lui. Face à l'entrée une petite table entourée de deux chaises. À droite, une petite cuisine, très propre. Entre les deux et un peu en retrait, un canapé, une table basse et une télévision.

— Ce n'est pas très grand, mais tu verras, on est bien ici.

Je ne sais pas quoi répondre, je me contente de sourire. J'enlève mon manteau et Sam le prend pour le poser sur une des chaises. Je continue de regarder l'endroit. Je cherche un compliment à lui faire, mais j'ai du mal à trouver quoi dire de positif sur son appartement. Le canapé est petit, on ne doit tenir qu'à deux dessus. Il m'entraîne vers une porte et l'ouvre :

— Voilà ma chambre.

Le lit est minuscule, comment peut-il dormir confortablement ? Je ressens une pointe de tristesse pour lui. Un

homme mesurant presque deux mètres et pesant plus de
cent kg ne devrait pas avoir à vivre dans un si petit endroit.

Il me montre une seconde porte sur le côté de la pièce
et m'invite à le suivre. C'est la salle de bain. Là aussi,
minuscule. Un lavabo, un meuble en bois au-dessous et
une petite cabine de douche. Je demande :

— Tu rentres dans cette douche ?

Il explose de rire :

— Oui, enfin je laisse la paroi ouverte sinon je ne peux
plus bouger, mais oui je rentre.

— Tu m'étonnes, t'es plus grand que ta douche.

— Eh oui Mary, tout le monde n'a pas une douche de
compétition.

Je me tourne rapidement vers lui :

— Excuse-moi, je ne voulais pas te blesser. Je n'ai pas
l'habitude c'est tout...

— Y'a pas de mal, je plaisante avec toi. Je ne le prends
pas mal.

Il m'embrasse sur la joue et me dit :

— J'ai cuisiné pour toi ce soir. J'espère que ça te plaira.

Cette fois-ci mon sourire est sincère, je suis impatiente
de découvrir ses talents culinaires. De ce qu'il m'a dit, il
adore cuisiner et le fait depuis presque toujours.

Nous retournons au salon et il me propose de boire un
verre. J'accepte et m'installe sur le canapé en attendant.
La décoration est chaleureuse. Ses meubles sont en bois
clair et il a placé plusieurs plantes vertes un peu partout.
Quelques livres sont rangés dans un petit guéridon sur
le mur de gauche et sur le meuble télé, il y a une console
de jeux.

Malgré la petite taille de l'appartement, c'est très chaleureux. Finalement, je me sens assez bien. L'odeur de
Sam plane partout dans le logement et je suis reconnaissante d'être avec lui. Il dépose mon verre de vin devant
moi et s'assied à côté de moi :

— Tu n'es pas trop nerveuse ?

— Pour demain ? Si, terriblement.

Il pose sa main chaude et réconfortante sur mon dos :

— Ça va aller, je ne te lâcherai pas.

— Merci de faire ça pour moi.

Je me colle contre lui et passe mon bras autour de son torse. Mon endroit préféré sur cette planète : le torse de mon copain.

Chapitre 27

SAM THOMPSON

Mary a l'air à l'aise dans mon appartement et je suis vraiment heureux de l'accueillir. Au-delà du fait qu'elle soit avec moi, je suis content de lui montrer mon monde. Loin de tout ce qu'elle connait habituellement. Les grands espaces, la technologie de pointe, le luxe. De cette manière, elle apprendra mieux à me connaître moi et mon mode de vie. Je lui ai préparé un saumon à l'aneth et au citron pour ce soir accompagné d'un riz blanc et d'une sauce au beurre. Je suis en train de poser les assiettes sur la table quand elle me demande :

— Tu vis ici depuis longtemps ?

— Oui, environ quatre ans.

— Hmm hmm.

Je commence à la connaître. Elle a quelque chose derrière la tête, mais elle n'ose pas en parler. Je me demande bien pourquoi. Je pose le dernier couvert et lui demande :

— Pourquoi cette question ?

— Comme ça.

Elle me sourit, mais son sourire sonne faux. J'insiste un peu, usant de mon atout le plus précieux pour la faire craquer. Je m'approche et la prends par la main :

— Pourquoi, Mary ?

Elle se mord l'intérieur de la joue, regarde tout autour d'elle et répond :

— C'est... Ne te vexe pas hein... Mais ce n'est pas très grand. Surtout pour un homme comme toi.

Je souris et embrasse ses phalanges avant de retourner vers la cuisine pour attraper les verres :

— Je ne me vexe pas, je m'y attendais un peu. Oui ce n'est pas aussi grand que chez toi, mais ça me convient.

Elle me répond :

— Oui, si ça te convient c'est le principal. Mais, t'as jamais voulu plus grand ?

— Non, enfin je n'y ai jamais pensé. J'alterne entre la salle de sport et le boulot. Quand je suis ici je fais un peu de ménage, je regarde la télé ou je dors. Donc, c'est parfait pour moi.

— D'accord.

Je m'approche d'elle à nouveau et la prends dans mes bras. Ses mains atterrissent directement dans mon dos et j'apprécie sa caresse. Son parfum m'enivre. Je me sens bien quand elle est dans le creux de mes bras. Les sentiments se renforcent à mesure que je passe du temps avec elle, ou sans elle.

Cette semaine, nous ne nous sommes pas trop vus, mais c'était bénéfique. J'ai pu m'apercevoir qu'elle me manquait. Pas au point de chialer sur mon oreiller, mais quand même. Tout un week-end avec elle, ça c'est le rêve. Le rêve, avec une étape à franchir pour elle. Je n'ai aucune appréhension quant à ses retrouvailles avec ses parents. Je suis certain qu'ils l'accueilleront à bras ouverts, malgré les années écoulées. Je ne sais pas expliquer pourquoi, mais j'en mettrais ma main à couper. Je serai là pour lui donner le courage nécessaire. Quitte à l'attendre dehors quand elle discutera avec eux, je suis prêt à tout. Je veux lui apporter le plus de bonheur possible, l'apaisement qu'une famille soudée procure.

J'embrasse le sommet de son crâne et lui dis :

— On passe à table ?

— Avec plaisir.

Elle s'installe et je pose le saladier sur la table. Elle n'a pas tort, c'est petit ici, deux assiettes, un saladier et une bouteille sur la table et on ne la voit plus. Je lui dis :

— Tu peux te servir la salade, je vais sortir le saumon du four et le riz.

— Merci.

Je la regarde du coin de l'œil, elle n'a clairement pas l'habitude de se servir et c'est assez drôle de la voir faire. Elle n'a pas une goutte de vinaigrette dans son assiette :

— Tu devrais mélanger la salade avant de te servir, la sauce est au fond.

— Ah. D'accord, pardon.

— Ne t'excuse pas, tu n'as pas l'habitude.

Elle me regarde et me tire la langue comme une enfant. Drôle de petit jeu, mais ça nous amuse. Comme il n'y a pas la place pour le plat principal sur la table, je le pose sur le plan de travail. Je m'installe tandis que Mary mélange sa salade. La voir ici, dans son pull hors de prix, me fait sourire. Elle est si belle, elle est chez moi, elle est avec moi.

Nous mangeons tranquillement et au fur et à mesure, Mary se décoince un peu. Elle me complimente sur ce que je lui ai cuisiné et je la remercie. Le vin que je lui ai acheté ne vaut pas ceux qu'elle a l'habitude de boire, mais elle apprécie.

Nous terminons la bouteille peu avant le dessert. Une tarte aux pommes de la boulangerie du coin. Elle me remercie une fois de plus et me dit :

— Oh une tarte aux pommes ! J'adore, c'est mon dessert préféré.

— Tiens, voilà un point en commun. Je pourrais en manger à longueur de journée.

— On va se battre pour la dernière part alors.

— Hmm, tu vas vraiment te mesurer à moi ?

Elle explose de rire et joint ses mains sous son menton comme une enfant suppliante :

— Mais, tu n'oserais pas me priver de dessert quand même ?

Je mords ma lèvre et rigole, elle m'allume pour obtenir gain de cause, je l'adore. Elle est tellement drôle quand elle se décoince. Je lui réponds en lui servant une grosse part de tarte :

— Tout dépend le dessert, ma chérie.

Son regard se fige, son expression a changé. Merde, j'ai dû dire une connerie.

Elle lâche sa cuillère qui tombe directement dans l'assiette. Je pensais qu'un surnom comme celui-ci serait affectueux et bienvenu, je me suis peut-être trompé.

Elle baisse la tête et je m'approche d'elle :

— Excuse-moi, je grille les étapes ?

— Non... Ce n'est pas ça, c'est très mignon et j'apprécie mais...

Elle relève la tête vers moi et attrape ma main, comme si ce contact entre nous lui était nécessaire. Elle inspire et je lui laisse le temps dont elle a besoin. Elle finit par me dire :

— La dernière personne à m'avoir appelé comme ça, c'est Sara.

— Oh, excuse-moi. Je ne savais pas et je ne voulais pas faire remonter de mauvais souvenirs.

— Non, ne t'excuse pas. En fait, je ne sais pas trop ce que ça provoque en moi. D'un côté j'aime bien, je me sens importante pour toi. D'un autre... ça me rappelle ma sœur.

Je ne sais pas quelle réaction avoir. Je comprends que ça puisse lui faire du mal. La dernière personne à l'avoir affublée de ce surnom n'est plus en vie pour le faire. Je ne peux m'empêcher de voir là un signe de la vie, un signe que notre relation peut lui apporter beaucoup de choses.

Avec toute la bienveillance du monde, je lui dis :

— Si tu veux que j'arrête, je ne le dirais plus. Mais, peut-être que ce simple surnom est le signe d'un nouveau départ. D'une nouvelle vie qui s'ouvre à toi. Je sais que ça peut paraître ridicule, mais j'ai tendance à croire que les signes existent. Il y a une multitude de surnoms affectueux et je n'ai aucune idée de pourquoi j'ai choisi celui-là en particulier. Peut-être car je suis celui qui te permets d'ouvrir ton cœur à nouveau ?

Elle relève la tête vers moi et me sourit, une larme au coin de l'œil :

— T'es exceptionnel Sam. Continue de m'appeler comme ça, je m'y ferai. Il y a plus de joie que de tristesse quand j'entends ce surnom. Je suis reconnaissante de t'avoir rencontré. Tu m'apportes beaucoup, je suis une nouvelle femme depuis que tu es rentré dans ma vie. Je vois le même signe que toi je crois bien.

Je me baisse à son niveau et l'embrasse tendrement. Cette femme me fait tourner la tête et le cœur. Notre baiser prend vite une tournure passionnée.

Nous nous collons l'un à l'autre et avant même d'avoir le temps de dire quoi que ce soit, nous nous retrouvons nus sur mon lit.

Son corps m'avait manqué. Notre connexion charnelle m'enivre et me mène au septième ciel en un rien de temps. J'adore cette femme.

Chapitre 28

SAM THOMPSON 

Nue au milieu de mon lit, Mary est encore plus belle. Si c'est possible. Je me lève, attrape mes vêtements et me dirige vers la salle de bain. Je dis :

— Tu veux prendre une douche avant de manger le dessert ?

— Oui, mais pas sûre qu'on puisse y aller ensemble.

Elle rajoute un petit sourire entendu à sa phrase et je lui en adresse un en retour :

— Vas-y la première.

Elle se lève et tandis qu'elle rassemble ses affaires, je jette le préservatif que nous venons d'utiliser. J'enfile un simple boxer et un débardeur et rejoins la cuisine.

Je commence à faire la vaisselle quand j'entends un hurlement de terreur, de douleur, provenir de la douche. Je jette l'assiette dans l'évier et cours rejoindre Mary, terrorisé par ce que je vais découvrir :

— Qu'est-ce qu'il y a ? Tu vas bien ?!

Elle est nue à l'entrée de la douche, à moitié trempée. Elle me dit :

— L'eau est gelée, t'as plus d'eau chaude, Sam !

— Quoi ? Impossible !

Je m'avance vers la douche et ouvre le robinet côté rouge à fond. Je mets ma main sous l'eau et attends les quelques seconds nécessaires à la venue de la bonne température. Celle-ci arrive bel et bien :

— Elle est chaude, tu m'as fait peur j'ai cru que la chaudière était encore fichue.

Mary se met à rire et s'excuse :

— Pardon, je ne savais pas qu'il fallait attendre. Chez moi l'eau chaude vient tout de suite.

Je sais que je ne devrais pas me moquer d'elle, elle n'a pas le même mode de vie que moi, mais un fou rire nerveux me prend et ne me quitte plus. Je lui dis entre deux rires :

— Tu as entendu ton cri ?

Elle rit de plus belle et me tire la langue telle une enfant :

— Arrête, ce n'est pas drôle c'était super froid !

La contradiction de ses mots et de son fou rire me fait repartir de plus belle. Nous sommes au milieu de ma salle de bain en train de lutter contre la crise de rire qui ne fait que croître :

— Ce n'est pas drôle, mais t'es morte de rire, à poil dans ma salle de bain ! J'aurais tout vu je crois !

Le fou rire repart et les larmes montent. Après quelques minutes, elle finit par réussir à sortir quelques mots :

— Allez, je me douche maintenant que tu as fait venir l'eau chaude.

Je lui donne un court baiser sur la tempe et quitte la salle de bain. Je vais devoir m'habituer à ce genre de réaction je crois. Mary a un confort de vie dont j'ai eu un léger aperçu, elle appuie sur un tas de boutons et tout s'active tout seul. L'eau chaude ne met pas plusieurs secondes à arriver, le pommeau de douche diffuse l'eau de plusieurs façons et elle peut régler la température au degré près. Ici, nous ne tenons même pas à deux dans la douche.

Je termine de faire la vaisselle et commence à ranger quand ses bras m'enlacent depuis l'arrière de mon corps. Elle me dit :

— Je suis toute propre.

Je me tourne vers elle et l'embrasse. Elle porte une nuisette en satin rose qui fait ressortir ses atouts. On va réussir à le manger ce putain de dessert ? Je la regarde intensément et lui dis :

— Tu es magnifique.

Elle me fixe de ses yeux clairs et passe sa main sur ma joue, ma barbe :

— Tu es encore plus beau.

Elle dépose un baiser plein de tendresse et de promesses sur ma bouche. Un baiser comme nous n'en n'avons jamais échangé encore. Un baiser plein de sentiments, une déclaration muette d'un amour naissant.

Le soleil inonde la chambre, avec difficulté, je me tourne vers mon réveil : sept heures. Il devrait sonner dans dix minutes. Mary dort profondément sur l'oreiller à côté de moi. Son doux visage semble apaisé, malgré le stress que lui provoque ce voyage.

Je reste à l'observer jusqu'à la sonnerie beaucoup trop forte de son téléphone. Elle ouvre immédiatement les yeux et se tourne pour l'éteindre. Quand elle me fait face à nouveau, elle me dit :

— Bonjour, bien dormi ?

— Comme un bébé, et toi ?

Elle s'étire, me sourit et répond avec une petite voix :

— Super bien. Il est très confortable ton lit.

Elle se redresse et m'embrasse avant de se lever. Sa nuisette est si courte que je vois le petit pli sous ses fesses, ce petit pli que j'adore. Elle jette un œil à son portable et décide vite qu'il n'y a rien d'intéressant sur l'écran tactile puisqu'elle le jette avec nonchalance sur le lit. Elle me dit :

— Tu as du café ?

— Oui, bien sûr.

À mon tour, je me lève et me dirige vers la cuisine. Mary s'avance :

— Montre-moi, je vais le faire.

Ravi de la voir prendre cette initiative, je lui explique rapidement le fonctionnement de la cafetière et lui dis :

— Fais comme chez toi, je vais prendre ma douche pendant ce temps.

— Tu manges quelque chose le matin ?

— Oui, en général un fruit et un ou deux toasts.

— Euh...

Elle tourne la tête, regarde autour d'elle comme si elle cherchait ce que je viens de lui énoncer. Je réponds :

— Ne te prends pas la tête, je n'en n'ai pas pour longtemps.

Elle me sourit et je quitte la cuisine en direction de la douche. Je prépare une tenue assez confortable pour l'avion, mais suffisamment chaude pour Redonia. Je crois savoir qu'à cette période, il neige abondamment et la température est souvent négative. Je ferais mieux de sécher mes cheveux aussi, je n'ai pas envie de tomber malade si près de Noël.

Quinze minutes après avoir laissé Mary s'occuper du petit déjeuner, je reviens dans la cuisine. Je suis impressionné. Sur la table, je trouve deux tasses de café fumantes, une banane coupée en rondelles et deux parts de tarte aux pommes. Ma jolie brune me dit :

— Je n'ai pas trouvé les toasts, je t'ai coupé une part de tarte. Ça te convient ?

Je m'approche d'elle :

— C'est parfait.

Nous prenons donc notre petit déjeuner en tête à tête en discutant de tout, sauf de notre voyage imminent.

Une fois prêts, Mary consulte son téléphone et me dit :

— La voiture nous attend en bas. Tu es prêt ?

J'attrape mon manteau, mon écharpe et lui réponds :

— Oui. Allons-y.

Nous quittons l'immeuble et montons à bord d'une voiture noire. Je n'ai pas demandé à Mary tous les détails de notre voyage, mais j'imagine que vu ses moyens, nous n'allons pas voyager en classe économique. Son stress a l'air de monter, je la vois jouer avec ses doigts nerveusement. Hors de question de la laisser s'angoisser seule dans son coin.

Je pose ma main sur les siennes et la caresse, sans dire un mot. Elle se détend un peu et elle reste calme pour le reste du trajet.

Quand nous arrivons devant l'aéroport, la voiture ne s'arrête pas à l'entrée. Elle nous mène vers un portail immense, gardé par un agent de sécurité. Le chauffeur de notre voiture s'arrête à son niveau, montre un papier et échange quelques formules de politesse, le portail s'ouvre et nous pénétrons dans l'enceinte de l'aéroport.

— Mais, on rentre par le tarmac ? On ne va pas passer les contrôles de sécurité, montrer nos billets ?

— Non, on prend mon avion... chéri.

Mary me répond avec un sourire. Si je m'attendais à ça ! Prendre l'avion avec Mary Jones n'a rien de commun. La voiture continue de rouler et je découvre à quoi ressemble l'aéroport depuis un tout nouveau spot. À proximité d'un hangar, la voiture s'arrête et nous descendons.

Un avion blanc nacré se trouve face à nous. Je ne peux m'empêcher de sourire quand je découvre l'immense lettrage manuscrit qui prend toute la place sur le corps de l'avion. En lettres d'or, « *Mary Jones* » est écrit sur l'oiseau de fer.

Elle me prend la main et nous montons l'un après l'autre. Le confort de l'habitacle me saute aux yeux dès mon entrée. Le voyage s'annonce particulièrement agréable.

Chapitre 29

MARY JONES

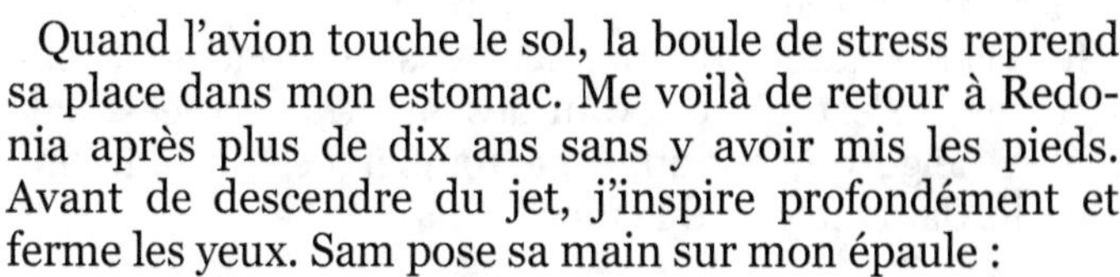

Quand l'avion touche le sol, la boule de stress reprend sa place dans mon estomac. Me voilà de retour à Redonia après plus de dix ans sans y avoir mis les pieds. Avant de descendre du jet, j'inspire profondément et ferme les yeux. Sam pose sa main sur mon épaule :

— Ça va aller, tout va bien se passer.

Je prends sa main dans la mienne et dépose un baiser sur ses phalanges. Cet homme parfait qui sait calmer toutes mes angoisses. Je n'arrive pas à croire que je suis ici avec lui. Et surtout qu'il ait accepté de m'accompagner dans l'une des plus grandes épreuves de ma vie.

Nous mettons nos manteaux sous le conseil avisé du pilote et descendons de l'avion. La neige tombe à gros flocons et le froid se fait ressentir immédiatement. Nous montons vite dans la voiture qui nous attend tandis qu'un des employés de l'aéroport range nos valises dans le coffre. Le chauffeur privé nous demande notre destination, comme il est déjà midi, nous décidons d'aller à l'hôtel en premier. Il doit forcément y avoir un restaurant, on pourra déjeuner.

La voiture démarre et j'observe la ville par la fenêtre. Rien n'a changé. L'aéroport est minuscule, la route qui nous mène en ville est longue et entourée d'arbres enneigés. Une fois au centre-ville, je me demande ce qui a bien pu évoluer en dix ans. Les devantures des magasins sont les mêmes, tout est si petit, pas un building en vue. Même les décorations de Noël n'ont toujours pas été changées, depuis soixante ans, les mêmes flocons lumineux ridicules ornent les lampadaires, les mêmes « *Joyeux Noël* » sur les murs, les mêmes étoiles, la même merde qu'il y a douze ans.

La voiture passe devant l'église, le minuscule cimetière. Mon cœur se serre, mes yeux brillent. Hors de question de pleurer maintenant, j'ai encore beaucoup d'épreuves à traverser. Cette ville est si petite, on pourrait l'appeler village. On passe du cimetière à l'hôtel en un seul virage. Quand nous descendons de voiture, je me demande bien ce qui m'est passé par la tête. L'hôtel annonçait trois étoiles, il a dû en perdre deux en route.

Je regarde autour de moi, les gens se promènent tout sourires et s'extasient devant des vitrines décorées malgré la neige qui continue de tomber et le froid. Immonde. Sam me prend la main :

— Ça va ?

— Oui, oui. Ça fait bizarre d'être là.

— Je comprends. On va poser nos affaires, manger un morceau et ensuite on ira à ton rythme.

Je hoche la tête en guise d'approbation. Nous remercions le chauffeur, je lui glisse un gros billet et nous entrons dans l'hôtel. La réceptionniste nous accueille chaleureusement :

— Bonjour, bienvenue à Redonia. Vous avez réservé ?

— Bonjour, oui au nom de Mary Jones s'il vous plaît.

Je suis un peu froide, le décor me tord l'estomac. Sapins, guirlandes, boules suspendues et paillettes à en vomir. La jeune blonde s'arrête net en entendant mon nom, elle relève la tête et me fixe :

— Mary Jones ? Vous êtes LA Mary Jones ?

Je relève la tête vers elle, elle bégaye et tremble. Elle est dans l'hôtellerie, elle doit connaître mon entreprise, même ici. Je lui souris le plus naturellement possible et réponds :

— Oui, c'est moi.

— Vous, oh mon dieu, je ne m'attendais pas à vous accueillir dans l'établissement. Je n'avais pas regardé l'agenda des réservations, je suis désolée mademoiselle Jones, j'aurais préparé votre arrivée mieux que ça si j'avais su...

Maintenant, la voilà qui ne s'arrête plus de parler. Elle décroche son téléphone sans s'arrêter, je la coupe :

— S'il vous plaît ! Ne vous embêtez pas. C'est très bien comme ça, indiquez-nous notre chambre et ce sera parfait.

Elle repose le combiné, un peu déçue :

— Vous êtes sûre ? Il n'y a rien que je puisse faire pour vous ?

Elle zieute rapidement son écran et reporte son attention sur moi :

— Votre chambre est au premier étage au numéro 125.

— Merci, vous avez un restaurant ici ?

— Oh, non je suis désolée. Vous voulez que j'aille vous chercher quelque chose à manger ? Que voulez-vous ? Je peux vous l'apporter dans votre chambre ?

Sam rigole discrètement à côté de moi et je ne peux m'empêcher de sourire. J'ai l'habitude que les gens se plient en quatre pour moi, mais pas à ce point. Pas une inconnue. Je la remercie :

— Non, merci pour votre gentillesse. Nous allons sortir déjeuner.

Elle me tend la carte magnétique qui ouvre la porte de notre chambre de sa main tremblante et je m'éloigne en lui souriant. Sam porte son sac sur l'épaule et fait rouler ma valise jusqu'à l'ascenseur. Une fois dedans, il me dit :

— Dis donc, je ne pensais pas qu'on te donnerait du « mademoiselle Jones » ici.

— J'étais loin de m'y attendre aussi. Elle était tellement impressionnée, t'as vu comme elle tremblait ?

— J'ai vu oui, c'était assez drôle de mon point de vue. Tu crois qu'elle va te demander un autographe quand on va redescendre ?

J'explose de rire et la cabine s'ouvre sur un couloir illuminé. Je lève les yeux au ciel devant toutes ces décorations, ils en font trop. Un sapin tous les cinq mètres, de qui se foutent-ils ? Nous marchons vers notre chambre et la rejoignons très vite. D'après ma réservation sur le net, c'est la plus grande de l'hôtel.

Je glisse la carte magnétique dans la fente et ouvre la porte. La chambre est plutôt grande, mais semble vieille. La moquette est abimée par endroits, la tapisserie date d'il y a trente ans et les meubles aussi. Tant pis, ça suffira. Je pose mon sac sur une commode et me dirige vers le lit. Le dessus de lit est antique, heureusement que les motifs ornementaux reviennent à la mode.

Je m'assieds, le matelas n'est pas très confortable. Sam fait le tour et me dit :

— Sympa comme hôtel.

— Mouais pas mal.

— Oh fais pas cette tête, c'est très bien.

Il s'approche de moi et s'agenouille pour être à ma hauteur :

— On va manger ?

Je le regarde amoureusement, il est si beau. Je l'embrasse, chose que je préfère faire en ce monde et lui réponds :

— Allons-y, j'ai faim !

À quelques mètres de l'hôtel se trouve un petit restaurant. Nous y entrons main dans la main, la boule au ventre pour moi. Je reconnais cet endroit, j'y allais avec ma famille quand j'étais plus jeune. En voyant la décoration, le mobilier et même la serveuse qui nous accueille, on dirait qu'une minute s'est écoulée depuis mon départ. Or, douze ans ont passé. Je ravale la boule qui grossit dans ma gorge, la dame vêtue d'un uniforme rouge infâme s'approche de nous en souriant :

— Bonjour, bienvenue à Redonia, vous désirez une table ?

Je voudrais lui répondre, mais ce que j'aperçois sur le mur derrière elle me fige et m'empêche de prononcer le moindre mot. Sam vole à mon secours, il place sa main sur mes reins et répond :

— Bonjour madame, oui pour deux personnes s'il vous plaît.

— Avec plaisir, suivez-moi.

Elle s'avance vers une table non loin de l'entrée, je ne peux décrocher mes pieds du sol. Sam se penche vers moi :

— Mary, qu'est-ce que tu as ? On va manger tout ira bien, tu as l'air pâle tu es sûre...

Je le coupe et pointe du doigt le mur à quelques mètres en face de moi. Il se retourne et devient aussi muet que moi. Un pan de mur entier m'est dédié. Articles de presse, photos people, interviews... Je rêve, qu'est-ce que tout ça fait ici, accroché sur le mur à côté de la caisse ?! La serveuse remarque que nous n'avançons pas et dit :

— Madame, monsieur, c'est par ici...

Elle s'intéresse soudain à ce que je fixe. Son regard passe du mur à mon visage, de mon visage au mur. Au moment où elle réalise qui je suis, elle lâche les menus qu'elle tenait en main et s'écrie :

— Oh mon dieu ! Mary ? C'est toi ?

Chapitre 30

MARY JONES

Mon cœur bat à rompre ma cage thoracique. Je regarde autour de moi, personne ne l'a entendue heureusement. Je lui souris poliment et dis :

— Oui, pouvez-vous ne pas l'ébruiter s'il vous plaît. Je suis là pour une raison précise et je n'ai pas envie que tout le monde le sache.

— B-bien sûr, mais... tu as vu tes parents ?

— Justement... je suis là pour les voir. Je viens d'arriver, je voulais manger un bout avant.

— D'accord. Tu as tellement changé, tu es superbe.

Son ton est chaleureux, son sourire semble sincère. Je me souviens un peu mieux d'elle maintenant. C'est une amie de ma mère, quand nous déjeunions ici, elle offrait à Sara et moi une énorme glace à chacune. Elle attrape mes mains, je me laisse faire :

— Je suis tellement heureuse de te revoir.

Ses traits se sont ridés, ses racines ont blanchies, mais ce contact me ramène en enfance. Je lui souris, un peu moins crispée qu'il y a un instant. Je demande :

— Pourquoi vous avez accroché tout ça ici ?

D'un signe de tête j'indique le mur à mon effigie. Elle se retourne, sourit et répond :

— Nous sommes très fiers de ce que tu as accompli. Nous avons tous suivi ton parcours et toute la ville t'admire.

— Ah bon... Je ne savais pas.

Je baisse la tête, légèrement honteuse d'avoir occulté ma ville natale pendant si longtemps. Elle doit sentir ma gêne et change de sujet immédiatement :

— Allez venez, je vous installe en retrait.

Nous la suivons jusqu'à notre table et je la remercie. Une fois assis, nous commandons à boire et elle repart, nous laissant un peu d'intimité. Sam me prend la main sur la table :

— C'est un premier pas, comment tu te sens ?

— Confuse... Je me rappelle très bien d'elle. Quand j'étais gamine, on venait manger ici le dimanche midi. Elle offrait à Sara et moi l'énorme glace de fin de repas. Elle est gentille...

Mon regard se perd dans le restaurant et je le repose sur Sam :

— Et pendant tout ce temps, ils se souciaient tous de moi. Ils suivaient ma carrière avec attention et moi je n'ai jamais repensé à eux.

— Mais tu es là maintenant. Ne pense pas au passé, ne pense qu'au présent.

— Tu as raison.

Je lui sers un sourire légèrement forcé et je me force à garder mon esprit dans le présent. Laurence revient et nous demande ce que nous désirons manger. Je jette un œil très rapide à la carte et commande un burger avec des frites, tout comme Sam.

Très vite, notre repas est englouti, nos desserts sont terminés et nous sommes de retour dans la rue gelée de la minuscule ville. Laurence m'a fait promettre de revenir la saluer avant mon départ et semblait très émue. Au point qu'elle m'a serrée plusieurs fois dans ses bras, me mettant très mal à l'aise au passage. Mal à l'aise, mais bizarrement réconfortée. Comme si son étreinte m'avait donné du courage. Sam me demande :

— Tu te sens prête ?

— Oui.

— Tu veux aller voir tes parents maintenant ?

— Non, d'abord j'aimerais aller voir ma sœur.

Il me sourit tendrement, poliment et me prend la main. Je lui indique une boutique de l'autre côté de la rue et nous y entrons pour prendre un bouquet de fleurs. À cette période, le magasin est rempli de décorations, de fleurs de Noël. Je les déteste. Ils me tordent le cœur et font remonter toute ma souffrance. Pourtant, l'un des bouquets m'attire. Il est de taille moyenne, fleurs rouges et feuilles vertes, le pot est doré et un petit père Noël est accroché à l'une des branches. En le voyant, je vois ma sœur.

Sara avait une passion pour ces plantes, elle en mettait partout dans la maison au moment de Noël. Je ferme les yeux et inspire profondément. J'attrape le pot et le dépose sur le comptoir. Un vieux monsieur au béret abimé me sourit :

— Bonjour, très joli choix !

Je souris poliment et lui paye le montant qu'il m'indique. Nous sommes ressortis aussi vite que nous sommes entrés.

L'avantage d'une ville aussi petite ? Passer d'un endroit à l'autre ne prend que quelques courtes minutes ! Me voilà déjà face au portail ouvert du cimetière. Sam tient ma main et je puise tout mon courage dans ce contact. Même si je ne suis pas venue ici depuis l'enterrement, je sais précisément où se trouve la tombe de Sara. La neige ne tombe plus, mais elle recouvre très bien le marbre des pierres tombales.

J'avance, tremblante. Droit devant, passées les deux premières tombes, nous tournons à gauche. Une tombe, deux tombes. Je m'arrête devant la troisième. Je garde les yeux vers le paysage, retardant le moment où je verrai son nom inscrit sur la pierre.

Je finis par me tourner en serrant la main de Sam un peu plus fort. Quand je me trouve face à elle, je craque. Mes larmes coulent immédiatement. Mes yeux ne se décrochent pas de l'épitaphe noire « *Sara Jones – 1990 – 2008 À notre fille bien aimée, à ma sœur adorée* ». Mes sanglots me secouent, les bras de Sam passent autour de moi. Mon cœur me brûle, j'ai mal. Tous ces sentiments enfouis pendant des années, toutes ces fois où j'enterrais la vérité, où je ne mentionnais jamais son existence. Tout me revient en pleine gueule. J'ai mal. Je regrette de ne jamais être revenue la voir. Même si je ne fais face qu'à un énorme morceau de marbre, elle est là, sous la terre. Dans son cercueil blanc que j'avais refusé de voir. Vêtue de sa robe préférée, de ses chaussures compensées en cuir et de mes boucles d'oreilles de Noël.

Mes pleurs s'intensifient quand je repense à son corps sans vie. Il me faut encore de longues minutes pour me

calmer. Les joues humides, je finis par m'écarter légèrement de Sam pour offrir à ma sœur sa plante préférée.

Je m'agenouille et pose le pot sur le sol. Je remarque
qu'une plante similaire est posée à côté. Sûrement mes
parents. Comme si elle m'entendait, je dis :

— Bonjour, Sara.

Ma voix est tremblante, je ne sais pas ce qu'il me
prend. À quoi bon parler, elle ne m'entend probablement pas. Quelque chose au fond de moi me pousse à
continuer. Malgré la présence de Sam, je dis :

— Je suis désolée de ne pas être revenue avant. J'ai
repoussé ce moment si longtemps que ça en devient
insultant pour toi. Tu me manques Sara. Tous les jours
de ma vie, même si je ne le dis pas. Même si j'enfouis
cette douleur au plus profond de moi. Une partie de moi
s'est éteinte quand tu es partie. Je regrette tellement,
tellement...

Mes pleurs n'ont pas cessé, mes sanglots m'empêchent
de parler. Je sens la main de Sam sur mon épaule. Il est
toujours là, à mes côtés comme il me l'a promis. Il reste
silencieux, mais ce contact me donne la force de continuer :

— Je vais aller voir papa et maman, j'espère qu'ils ne
seront pas trop durs avec moi. J'ai été... terrible. Ils doivent se sentir si seuls... Mon dieu, Sara, je ne sais pas ce
qu'il m'a pris, pourquoi j'ai tourné le dos à mon passé.
Je me suis renfermée, tellement renfermée, je me suis
plongée dans mon travail et mon cœur est devenu inac-
cessible.

Je relève la tête vers Sam, je m'apprête à parler de lui à
ma sœur. Quand je le regarde comme ça, je sais qu'elle
l'aurait adoré. Ils se seraient entendus à merveille. Je
remarque qu'il a les yeux brillants.

Je me relève et me colle contre lui. Son bras passé autour de moi, je continue mon monologue avec un peu
plus d'aisance :

— D'ailleurs je te présente Sam, c'est grâce à lui que je
suis là aujourd'hui. C'est lui qui... mon cœur est de nouveau ouvert, sœurette.

Sam me serre contre lui. Il ne dit rien, mais je sens
toute l'émotion qu'il ressent via cette étreinte. J'inspire

un grand coup. Mes larmes coulent le long de mes joues, mais ma voix est plus assurée. Je ne pensais pas que parler à ma sœur de cette manière me ferait autant de bien.

J'ai toujours pensé que parler aux morts était ridicule et relevait de la folie. Pourtant, aujourd'hui je comprends ceux qui le font. Je m'approche un peu de la pierre tombale, passe mes doigts sur son prénom et dis :

— Tu me manques tellement...Je t'aime Sara.

Chapitre 31

MARY JONES

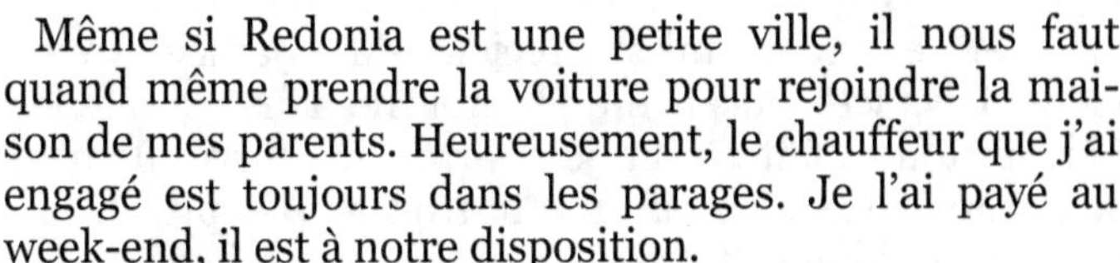

Même si Redonia est une petite ville, il nous faut quand même prendre la voiture pour rejoindre la maison de mes parents. Heureusement, le chauffeur que j'ai engagé est toujours dans les parages. Je l'ai payé au week-end, il est à notre disposition.

Le quartier de mon enfance n'est pas très loin, nous sommes rapidement arrivés. C'est un endroit comme il en existe partout à travers le pays, un de ceux qui me donnent la nausée. Petites clôtures en bois, maisons qui se ressemblent toutes, jardins trop entretenus et en cette période : décorations de Noël à gogo. L'enfer pour moi. Le chauffeur s'arrête finalement devant une petite maison bleue, recouverte de neige. Mon cœur s'accélère. J'inspire profondément et Sam me demande :

— Tout va bien ?

— Oui, je vais y arriver.

— Je vais peut-être t'attendre dans la voiture...

Je le coupe net :

— Non ! J'ai besoin que tu sois là... S'il te plaît.

Il me fait un sourire réconfortant, caresse ma joue et me dit :

— OK, chérie.

Je lui rends son sourire, donne au chauffeur un billet et lui demande d'attendre ici. La neige recouvre entièrement la maison et le jardin comme il y a douze ans. Comme quand j'ai claqué la porte de cet endroit pour la dernière fois.

Je suis face à la minuscule clôture en bois, la neige se remet doucement à tomber. Les décorations de Noël ornent la façade et sont restées les mêmes malgré les années. Une vague de souvenirs m'envahit. Je nous revoie, Sara et moi, jouer dans ce jardin. Faire un bonhomme de neige, de la balançoire à l'arrière et bronzer en été quand nous étions adolescentes.

Je ferme les yeux un instant. Quand je les ouvre de nouveau, je pose mon regard sur la grande fenêtre à gauche de la porte. La lumière est allumée, j'aperçois les guirlandes de là où je me trouve. Le petit portail est ouvert, je rentre dans la propriété. Sam ne me lâche pas la main et ce contact m'est précieux. Mes jambes tremblent. J'avance doucement, je retourne dans ma tête les phrases toutes faites dont je pourrais me servir. Je n'en ai aucune idée. Je vais devoir trouver, j'approche du moment fatidique. La porte d'entrée est en bois blanc, une vitre en son centre. Je n'ai qu'à tendre la main pour frapper à la porte. Je n'ai que ce simple geste à faire avant de revoir mes parents. Simple geste, mais plus compliqué qu'il n'y parait. Mon cœur bat si vite que je me demande comment il peut rester encore dans ma poitrine.

Je lève le poing, prête à frapper. La panique m'envahit soudain, je tourne mon regard vers Sam :

— Et si c'était une mauvaise idée ? Ils n'ont peut-être pas envie de me voir ?!

Il serre ma main dans la sienne :

— Il n'y a qu'un moyen de le savoir, fais-moi confiance je suis persuadé qu'ils seront très heureux.

J'inspire, j'expire. Il a raison. Je m'apprête à toquer quand j'entends une clé tourner dans la serrure. Derrière la vitre, une silhouette que je ne reconnais pas à cause du rideau. La porte s'ouvre sur mon père. Je veux parler, mais j'en suis incapable. Il n'a pas changé, il a quelques rides supplémentaires, mais son sourire est toujours le même.

Il me regarde, je le regarde. Mes yeux s'emplissent de larmes, les siens aussi. Mon père me tend les bras et je m'y blottis, laissant aller mes sanglots. Je l'entends tout juste me dire la voix gonflée d'émotions :

— Bienvenue à la maison, ma fille.

La porte est toujours ouverte et le froid rentre à l'intérieur, mais mon père s'en moque.

Je finis par me calmer un peu et reprendre mes esprits. J'essuie mon visage du revers de la main :

— Papa, je te présente Sam.

Sam s'avance vers mon père et lui serre la main :

— Bonjour monsieur Jones, je suis ravi de vous rencontrer.

Mon père lui adresse un sourire franc et joyeux, malgré les perles salées qui ont roulées sur ses joues. Il nous propose d'entrer et referme la porte derrière nous. Je jette un œil autour de moi, tout est exactement pareil, comme si seule une journée était passée. L'escalier qui mène aux chambres est décoré de guirlandes de couleur, le couloir dessert la cuisine, la salle à manger et le salon. Tous les murs sont beiges, le sol est un vieux parquet marron, très bien entretenu. Il y a un petit meuble en bois sur lequel est posé un grand saladier contenant les clés et divers objets inutiles. Je vois que même avec les années qui sont passées, mon père n'a pas réussi à faire enlever ce fichu saladier.

Je m'en approche et passe mon doigt sur le bord ébréché. Je souris quand le souvenir remonte dans mon esprit. Je l'avais fait tomber quand j'avais huit ans et ma mère y tenant beaucoup, Sara s'était dénoncée à ma place. Une grande sœur avec un énorme cœur. Mon père reprend ses esprits et nous demande :

— Je peux vous servir à boire ?

— Je veux bien un café s'il te plaît, papa.

Je n'en reviens pas de la facilité avec laquelle je m'adresse à lui. Comme si tout reprenait sa place.

— Et vous, Sam ?

— Un café se sera parfait, merci beaucoup.

Mon père pose sa main sur mon épaule, me regarde une seconde et part en direction de la cuisine. Nous enlevons nos manteaux et les posons sur les accroches prévues à cet effet. Le salon dans lequel nous sommes est la pièce où se trouve le sapin. Il touche presque le plafond et est surchargé de décorations. Je m'approche de la cheminée où sont suspendues deux chaussettes de Noël et souris devant les photos d'enfances de ma sœur et moi.

Une autre photo attire mon attention, une photo plus récente de moi, en une d'un magazine. Alors, même eux ont suivi mon parcours. La voix de mon père coupe mes interrogations :

— Tu es superbe sur cette photo, Mary. Nous sommes si fiers de toi...

Je me retourne pour lui faire face tandis qu'il pose sur la table basse un petit plateau contenant nos cafés :

— Merci, papa. Je... Où est maman ?

— Elle est partie faire des courses, elle ne devrait pas tarder à revenir. Elle sera tellement contente de te voir.

Je souris, jette un dernier coup d'œil aux photos et m'installe sur le canapé à côté de Sam. Le voir dans ma maison d'enfance me fait bizarre, mais je me sens malgré tout très à l'aise. Il va falloir que je trouve le courage de m'excuser, je ne peux certainement pas débarquer comme ça sans une excuse.

J'attrape ma tasse, fais tourner ma cuillère dedans laissant le silence s'installer. Je cherche comment amener le sujet, je commence :

— Papa, je...

Il me coupe gentiment :

— Ne dis rien Mary, tu es là. C'est tout ce qui compte.

Comme s'il avait deviné ce que j'allais dire, mon père me fait un sourire plein de réconfort. C'est à ce moment-là, que la porte d'entrée s'ouvre :

— Dominic chéri, tu peux venir m'aider, s'il te plaît ?

Mon père se lève et va débarrasser ma mère de ses sacs. Je me mets debout à mon tour, j'espère qu'elle sera tout aussi heureuse de me voir.

Je m'approche de l'entrée et quand elle me voit, elle laisse tomber le paquet qu'elle tenait dans ses mains :

— Oh mon dieu, Mary !

Elle ne prend pas la peine de ramasser ce qu'elle a fait tomber et s'avance vers moi pour me prendre dans ses bras. Elle me serre contre elle et tout se remet en ordre. Son odeur fleurie emplit mes narines, me revoilà petite fille dans les bras tendres de ma maman.

Je pleure à chaudes larmes, vais-je m'arrêter un jour ? Elle prend ma tête dans ses mains, ses yeux pleins de larmes me font pleurer du plus belle. Elle me regarde quelques secondes et me dit :

— Quand es-tu arrivée ma fille ? Tu veux boire ? Manger ?

— Il y a quelques minutes. Merci, papa nous a servi un café.

Elle me regarde perplexe, je recule un peu et laisse Sam s'avancer, je dis :

— Je te présente Sam, mon petit ami.

Il lui tend la main, mais elle préfère le tirer dans ses bras. Elle est très câline ma mère. Comme elle est assez petite, Sam est presque plié en deux, c'est très drôle comme scène. Elle le lâche assez vite et me dit :

— Je suis tellement contente de te voir ma poupée, tu es magnifique !

Elle caresse ma joue affectueusement, essuyant au passage les larmes qui s'y sont échouées. Je n'ai pas le temps de lui répondre qu'elle rajoute :

— Vous restez pour dîner ! Je reviens des courses j'ai de quoi faire un excellent repas.

Je ne sais pas quoi répondre tellement je suis étonnée par leur réaction. Je m'attendais à me faire claquer la porte au nez, à me prendre un savon monumental ou bien encore à ce qu'ils m'expriment leur déception profonde. Au lieu de ça, je suis accueillie à bras ouverts. Je suis une fille indigne, ils sont des parents incroyables.

Je n'aurais jamais dû laisser s'écouler autant de temps. J'aurais dû revenir ici bien avant. J'essaye pourtant de ne pas y penser et de me concentrer sur le présent, sur tout ce que nous avons à rattraper. Ma mère s'éloigne vers la cuisine :

— Je vais aider ton père à ranger les provisions, j'arrive ma fille.

Je reprends place dans le canapé en souriant et Sam en fait de même. Il attrape sa tasse et me dit :

— Ils sont vraiment très gentils.

— Merci Sam, vraiment. C'est grâce à toi que je suis là aujourd'hui.

Il me sourit et répond :

— Non, je n'ai fait que te donner l'idée. Ton cœur t'a menée ici.

— Et tu es la clé qui l'a ouvert.

Je l'embrasse tendrement et bois une gorgée de café. Mon père revient dans le salon et prend place dans son fauteuil préféré. Il me demande :

— Alors, ma puce, raconte-moi. Je veux tout savoir de ta vie.

Je souris, je ne sais par où commencer alors je raconte tout. Depuis mon arrivée à Orkney, mon ascension fulgurante dans le monde du business, ma vie rythmée de chef d'entreprise et plus récemment, ma rencontre avec Sam. Ils me parlent de leur quotidien et de leurs sorties entre amis, du voisin dont le fils est avocat et de leurs dernières vacances à la mer. Mon père me dit :

— C'est grâce à toi que nous avons pu partir, l'argent que tu nous envoies nous a permis d'acheter une nouvelle voiture ainsi qu'un camping-car. Merci ma fille pour tout ça.

Je souris, je suis heureuse d'entendre que le seul geste que j'ai eu envers eux pendant tout ce temps leur ai fait plaisir. Je m'excuse aussitôt de n'avoir jamais répondu à leurs lettres de remerciement. Mon père ne veut pas entendre mes excuses :

— Peu m'importe Mary, tu es là aujourd'hui c'est tout ce qui compte pour nous.

Le temps passe très vite et je reprends peu à peu mes marques dans cette maison. Nous profitons d'un dîner très agréable avec mes parents, comme si rien n'avait changé. Comme si les douze années écoulées n'avaient pas existé. Je redeviens une fille avec des parents. Sam s'entend à merveille avec eux et discute avec mon père de choses et d'autres.

Nous en venons à parler de Noël, de ma difficulté, de mon impossibilité à célébrer cette fête depuis la disparition de Sara. De mon dégoût à la vue des décorations, de mes cauchemars à l'approche de la date. Ma mère se pince la lèvre rapidement comme pour ravaler sa tristesse et me dit :

— Nous avons eu beaucoup de mal aussi, pendant deux ans nous n'avons fêté ni Noël ni le nouvel an. Puis un jour, nous avons décidé que la joie était plus importante que la tristesse et que Sara aurait détesté nous voir ainsi. Nous avons ressorti les décorations et je me suis remise en cuisine.

Je baisse la tête vers mon assiette, j'aurais aimé avoir la même force. Il m'a fallu douze ans pour revenir ici, combien de temps encore pour que je supporte seulement la vue des décorations ? Mon père s'agite sur sa chaise et me demande :

— D'ailleurs... Tu ne voudrais pas te joindre à nous cette année ?

Il se tourne vers Sam et rajoute avec un peu plus d'entrain :

— Vous êtes le bienvenu également, Sam !

— C'est vraiment très gentil, monsieur Jones, mais je passe Noël à Palatino, avec mes parents et mes sœurs.

Je pense que je n'ai pas d'autre choix. Je ne peux pas leur refuser, nous sommes si heureux de nous retrouver que ce serait malvenu de dire non.

Je tapote mon verre, nerveuse à l'idée de célébrer cette fête ici, avec ma famille. Ma mère pose sa main sur la mienne et me dit :

— On fera ça tous les trois, sans pression ma fille, à ton rythme.

Je la fixe du regard, pleine de reconnaissance et d'amour. Je retrouve ma place au sein de cette famille. Je me sens enfin moi-même, mon cœur bat de nouveau et est prêt à ressentir de l'amour. Je réponds :

— Je serai là.

Chapitre 32

MARY JONES

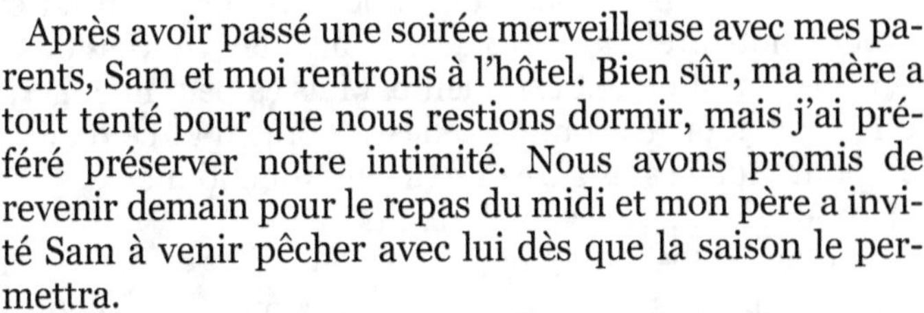

Après avoir passé une soirée merveilleuse avec mes parents, Sam et moi rentrons à l'hôtel. Bien sûr, ma mère a tout tenté pour que nous restions dormir, mais j'ai préféré préserver notre intimité. Nous avons promis de revenir demain pour le repas du midi et mon père a invité Sam à venir pêcher avec lui dès que la saison le permettra.

Le confort de l'hôtel est rudimentaire, mais appréciable. J'ouvre ma valise et attrape ma nuisette pour cette nuit. Sam s'approche de mon dos :

— C'est sympa ce petit bout de tissu.

Sa bouche se pose sur mon cou et je le sens sourire contre ma peau. Je ferme les yeux et apprécie ce moment de douceur et de tendresse. Je me tourne pour lui faire face :

— Je pensais prendre une douche, tu m'accompagnes ?

Il pose ses lèvres sur les miennes et acquiesce. Il s'apprête à se tourner pour attraper ses affaires, mais je l'en empêche pour le prendre dans mes bras. J'ai besoin de le sentir contre moi, autrement que sexuellement. Je me laisse aller contre son torse, son odeur masculine emplit mes narines et m'enivre. Ses mains caressent mon dos délicatement et ce contact ouvre mon cœur un peu plus encore. Je murmure :

— Merci Sam. Merci d'être qui tu es, de m'aider à redevenir qui j'étais.

— Oh Mary...

Il me serre un peu plus contre lui et je sens passer une émotion indescriptible. Je n'irais pas jusqu'à dire que je suis follement amoureuse, mais je crois bien que je l'aime. J'ai ce sentiment qui me tord le ventre, cette peur irrationnelle de le perdre et cette envie incontrôlable de passer le plus de temps possible avec lui. Quand je ne suis pas avec lui, il me manque, quand je suis avec lui, je me sens à ma place. Un avenir serait-il possible avec cet homme incroyable ? Nos univers sont si différents, nos vies n'ont rien en commun et pourtant j'ai envie d'y croire. J'ai envie de croire que nous pouvons trouver le juste milieu, le point parfait où nous installer pour faire évoluer notre relation. Il faudra faire des concessions, j'en suis parfaitement consciente. Mais ça peut marcher. Après une journée comme celle-ci, après tout ce qu'il a fait pour moi, je suis sûre que ça peut fonctionner.

Je relève la tête, les yeux brillants :

— Je suis si bien avec toi...

Je ne sais pas comment exprimer mes sentiments, dois-je vraiment le faire ? Sam m'embrasse tendrement et me répond :

— Moi aussi, ma chérie, tu me rends tellement heureux.

Sa réponse me rassure. Il a l'air de ressentir la même chose que moi et ça m'apaise. Je reste contre lui quelques secondes encore et nous finissons par aller prendre notre douche.

Rapidement, la température monte, la cabine étant trop étroite, nous sortons vite et rejoignons le lit. Nus, l'un contre l'autre, les sentiments sont encore plus forts, plus puissants. Avec Sam, je fais l'amour. Chose que je ne connaissais pas avant. C'est tellement plus fort, tellement plus beau.

La tête contre son torse, encore légèrement essoufflée par notre activité du soir, je suis heureuse. Je me sens enfin vivante, pour la première fois depuis des années. Dans le silence de la chambre, je caresse les abdos de Sam du bout des doigts, je me mets à rêver d'un futur potentiel. Je pense à Noël et la petite boule d'angoisse s'installe dans ma gorge. J'aurais tellement aimé que Sam soit là. Je sais à quel point sa famille est importante pour lui, mais s'il pouvait se libérer une journée ce serait vraiment parfait.

Sans interrompre mon geste, je dis :

— Tu pars à Palatino le combien ?

— J'ai mon billet pour le 23 décembre, pourquoi ?

— Oh non comme ça... et tu rentres quand ?

— Le 27 décembre au soir. Qu'est-ce que tu as derrière la tête ?

Il commence à bien me connaître, il sait que je ne pose pas de question en vain. Je n'arrête pas ma main de le caresser et réponds avec nonchalance :

— Oh rien, je ne me souvenais plus. Tu vas me manquer tu sais...

— Je sais, toi aussi tu vas me manquer. Bon, tu me dis à quoi tu penses ?

Je me redresse, tourne la tête vers lui et d'une petite voix je réponds :

— Beh...Tu sais qu'il n'y a que trois-cents kilomètres entre Redonia et Palatino ? Alors... je me disais... Peut-être que tu pourrais nous rejoindre le lendemain de Noël, ou... quelque chose comme ça.

Il me sourit, caresse ma joue affectueusement et répond :

— Je me doutais que c'était quelque chose dans ce goût-là. Ça me fait plaisir que tu veuilles passer du temps avec moi, mais je n'ai pas vu ma famille depuis un moment et j'ai envie d'en profiter. Je n'ai que cinq jours de congés pour les voir.

Je suis déçue, je tente quelque chose, mais je suis persuadée qu'il refusera :

— Et si je t'aidais à en avoir quelques-uns de plus ? Je ne ferai rien dans ton dos cette fois-ci, promis.

Sam se tend un peu, je sens bien que je commence à l'agacer :

— Tu n'aimes pas qu'on te dise non, hein ?

— Non.

Il se redresse un peu sur le lit, ce qui m'oblige à me remonter moi aussi. Il passe sa main dans ses cheveux et me dit :

— Rien ne me fait plus plaisir que d'être avec toi, Mary, vraiment. Mais ma famille compte énormément pour moi et mon travail aussi. À mon retour, je viendrai te voir et nous mangerons ensemble, je t'offrirai même un cadeau si t'es gentille.

Son sourire me fait craquer. Ce n'est pas assez, j'en veux plus. Je veux qu'il vienne, je veux qu'il soit là avec moi pour mon premier Noël depuis la disparition de ma sœur. C'est grâce à lui que j'en suis là, sans lui, je serai encore en train de gueuler sur tout le monde au boulot. Je n'aurais pas revu ma famille et je n'aurais certainement pas accepté de célébrer cette fête. Je suis vexée, déçue. Je comprends qu'il veuille être avec sa famille, mais je compte aussi, non ?

Je fais la moue, me redresse et me décale un peu sur le lit. Il me dit :

— Tu ne vas pas bouder quand même ?

— Non, non.

Non, mais oui. À cet instant précis, je suis complètement immature. Je le reconnais, mais je suis incapable de faire autrement. Il attrape mon bras et me tire vers lui :

— Oui, tu boudes. Ne me fais pas de caprice, bébé, pas à moi.

— Désolée, je voudrais juste passer cette étape avec toi. C'est toi qui m'as permis d'en arriver là, je voudrais juste qu'on puisse partager cette victoire ensemble...

Il souffle, visiblement, je l'agace. Il pose ses doigts sur mon menton et me relève la tête :

— Je comprends, j'ai envie de partager ça avec toi aussi. Mais je pense que c'est important que tu sois avec ta famille, et moi avec la mienne. On peut peut-être trouver une solution pour les jours après Noël, mais il faudrait que tu viennes à Palatino.

— Oh, tu crois que tes parents m'accepteraient ?

— Bien sûr que oui. Ils attendent que je leur ramène une femme depuis si longtemps, t'as pas idée. Bon sang Mary, tu me fais céder à tes caprices, tu es douée. Mais n'en prends pas l'habitude.

Il dépose un baiser sur le haut de mon crâne. Je souris, contente de moi. Bon, je n'ai pas obtenu ce que je voulais vraiment, mais c'est mieux que rien. Le seul hic, c'est que je vais rencontrer sa famille. Suis-je vraiment prête pour ça ? Suis-je prête à me présenter comme la petite amie idéale ? Moi qui n'avais de sentiments pour personne il y a un mois de ça ? Je ferai au mieux. J'ai besoin de lui, d'être avec lui.

Même si je ressemble à une petite conne capricieuse à l'instant, peu importe. Je me rattraperai. Contente de ma victoire, mon sourire revient et je demande :

— Tu me diras ce qu'ils aiment, je leur ferai des beaux cadeaux. Il y a des enfants aussi, quel âge ont-ils ?

Sam rigole et commence à me parler de sa famille. Nous passons la fin de soirée à discuter de cette rencontre à venir. J'en apprends plus sur chacun d'entre eux et prévois de leur offrir de belles choses. Je n'ai pas offert de cadeau de Noël depuis tellement longtemps, je suis à la fois terrifiée et impatiente de voir ce que ça va donner. J'ai une petite idée pour ceux de Sam.

Après une longue discussion, nous nous endormons dans les bras l'un de l'autre. Cette année, Noël aura une nouvelle saveur.

Chapitre 33

SAM THOMPSON

Ce week-end à Redonia était pile ce qu'il fallait à Mary. Son sourire est désormais plus beau, plus sincère et son regard moins triste. Je la trouve beaucoup plus joyeuse. Il y a quelque chose en elle qui a changé. Depuis que je l'ai rencontrée, elle a beaucoup évolué. Elle est de plus en plus douce, gentille et attentionnée. Pas seulement envers moi, envers tous ceux qui l'entourent. Bien sûr, je ne sais rien de son comportement au travail, mais j'ose croire qu'elle s'y est adoucie aussi.

Après avoir enlacé ses parents pendant de longues minutes, elle a trouvé le courage de repartir en leur promettant de revenir pour Noël. Si ça n'avait pas été pour elle, je ne serais pas resté lors de ces retrouvailles, mais elle avait besoin de moi pour y arriver. Fort heureusement, je me suis très bien entendu avec eux et j'ai passé de très bons moments en leur compagnie. Il me tarde de rejoindre ma famille pour les fêtes, ces moments passés avec les gens qu'on aime sont les plus beaux trésors d'une vie. Aucune richesse, aucune possession ne peut égaler cela.

Je finis d'emballer le dernier cadeau et le range dans une des deux valises devant moi. Comment je vais faire pour trimbaler tout ça jusqu'à l'aéroport ? Mes vêtements pour ces cinq jours ne prennent pas trop de place, mais les cadeaux oui. J'ai fait plaisir à tout le monde et j'ai oublié qu'il fallait ensuite voyager avec tout ça. Avant de prendre l'avion, il va falloir rejoindre l'aéroport en métro. Toute une expédition !

Mon téléphone sonne, je relâche ma prise sur la fermeture de la valise et je réponds :

— Allô ?

— Sammy boy ! Dis donc t'as pas un truc à me dire ?

— Ana Girl ! De quoi tu parles ?

— Je viens d'arriver chez papa et maman et j'apprends que ta chère et tendre milliardaire va venir passer deux jours à la maison de famille ?!

Aie ! J'ai oublié de le dire à ma sœur. Les derniers jours ont été si intenses, que j'ai complètement oublié de la prévenir. Quand j'ai eu ma mère au téléphone, je lui ai demandé si Mary pouvait se joindre à nous le lendemain de Noël, la veille de mon départ. Comme je m'y attendais, elle était surexcitée et a accepté sans problème. Elle a même trouvé que ce serait une bonne idée qu'elle reste jusqu'à mon départ, soit deux jours. Elle m'a posé un tas de questions à propos de Mary, elle voulait en savoir plus sur ma petite amie et n'a pas été déçue d'apprendre qu'il s'agissait bien de Mary Jones, LA Mary Jones chef d'entreprise et multimilliardaire.

Ma mère est difficilement impressionnable, mais recevoir chez elle une personne comme Mary lui a mis la pression. Elle a commencé à me faire un interrogatoire sur ses goûts en matière de nourriture, s'inquiétant de ne pas être à la hauteur. Heureusement, je l'ai rassurée en lui affirmant que Mary est une femme comme les autres qui apprécie tout autant la simplicité que le luxe. J'espère qu'elle aura assimilé tout ça et qu'elle n'en fera pas trop pour l'impressionner. La dernière chose dont j'ai besoin, c'est que ma mère mette Mary mal à l'aise.

Je passe une main dans mes cheveux, cherchant à apaiser ma sœur :

— Je suis désolée, ma sœur, j'ai eu beaucoup de boulot... J'ai oublié de t'appeler.

— Je vois ça oui !

Son ton est assez sec, mais après deux secondes de silence, je l'entends exploser de rire :

— Sam ! Enfin je déconne ! Relax frangin ! Je ne t'en veux pas du tout, je suis impatiente de rencontrer la femme qui t'as permis de tomber amoureux à nouveau.

— Oh, n'exagères rien...

Je joue nerveusement avec un fil qui dépasse de mon t-shirt. Ma sœur me connaît par cœur :

— Ouais, vas faire croire ça à d'autres hein ! Je te connais mieux que personne, je sais que t'es amoureux d'elle.

— Et comment tu pourrais le savoir Ana girl ?

— Tout simplement parce que tu l'emmènes à la maison. La dernière à avoir passé le pas de la porte c'était L...

Je me tends, mon ton est un peu plus tranchant que je n'aurais voulu :

— Oui, c'est bon on a compris.

Je coupe ma sœur, je n'ai pas envie de replonger dans le douloureux souvenir de ma dernière relation. Ma sœur sait à quel point j'ai souffert et elle s'excuse immédiatement :

— Pardon, Sam, je ne voulais pas... Enfin je voulais juste dire que tu es amoureux. Et c'est une bonne chose petit frère. Si tu es heureux, c'est tout ce qui compte pour moi.

Je ne sais pas si je peux affirmer que je suis amoureux de Mary, mais heureux oui. Je suis un homme comblé et le temps que je passe avec elle me fait ressentir beaucoup de choses. Des sentiments que je n'avais pas ressentis depuis bien longtemps. Je ne me suis jamais fermé à l'amour, même après le désastre de ma dernière relation. Seulement, je suis devenu plus sélectif, plus exigeant. Normalement, je n'aurais même pas donné une seconde de mon temps à Mary, mais notre attraction m'a poussé à aller vers elle et je ne le regrette pas. Si elle était tout ce que je haïssais avant, elle est désormais tout ce que j'aime. Sa carapace s'est fissurée, s'est ouverte et est tombée à terre avant même que je ne puisse protéger mon cœur. Résultat, elle est devenue le centre de ma vie, celle avec qui je veux tout partager, celle que je vais présenter à ma famille.

Je suis loin d'être naïf, mais j'ose croire que notre relation a un avenir et qu'il sera beau. Un sourire se dessine malgré moi sur ma bouche, putain ma sœur a raison en fait, je suis amoureux :

— Ana, je crois que tu as raison. Je n'ai pas eu le temps de me protéger, je suis dingue de cette femme. Elle est incroyable !

— Je suis contente pour toi Sam. Je me dois tout de même de te prévenir, fais attention à toi, je ne tiens pas à ce que tu souffres d'une quelconque manière.

— Ne t'inquiète pas Ana girl, j'ai confiance en elle, en notre couple.

Je discute encore quelques minutes avec ma sœur, tout en finissant de préparer mes affaires. La sonnette de ma porte retentit :

— Sœurette, je suis désolé je dois te laisser, Mary est arrivée on va manger un morceau avant mon départ. On se voit chez papa et maman dans quelques heures !

— Bon vol mon frère, je t'aime !

— Je t'aime aussi Ana girl.

Je raccroche et ouvre la porte. Ma jolie Mary est là, sur le pas de la porte avec un sourire radieux. Je l'invite à entrer et l'embrasse tendrement. Ce doux contact m'avait manqué, depuis hier. Elle porte un beau manteau et une écharpe de luxe. Je ne me ferai jamais à toutes ces marques, mais ça lui va à ravir. Elle me demande :

— Tu as fini de préparer tes affaires ?

— Oui, je dois juste boucler cette valise.

Je reviens vers le canapé et appuie sur le dessus de ma valise pour joindre les deux bouts de la fermeture. Difficilement, elle finit par être verrouillée. J'accroche le petit cadenas, ce qui semble intriguer Mary :

— Pourquoi tu mets un cadenas ?

— C'est recommandé par la compagnie, pour éviter les vols.

— Ah d'accord, tu es sûr que tu ne veux pas prendre un de mes jets ?

Je souris, elle insiste depuis trois jours pour que je prenne l'un de ses jets privés pour aller à Palatino. Je refuse à chaque fois, non pas que le confort de la classe économique me fasse rêver, mais je veux assumer ce voyage par moi-même. Qui est-ce que je deviens si je laisse ma riche petite amie payer pour moi à chaque fois ? J'accroche le deuxième cadenas et lui réponds :

— Oui je suis sûr, la classe éco m'ira très bien. Merci quand même.

Elle fait la moue, elle n'a pas encore l'habitude du refus. Je m'approche d'elle et prends sa tête entre mes mains :

— Ne t'inquiète pas, je serai très bien installé et le vol se passera à merveille.

Elle me sourit, mais je sais qu'au fond elle n'est pas satisfaite. Je dépose mes lèvres sur les siennes et lui transmets tout l'amour que j'éprouve pour elle. Je ne lui ai jamais dit à quel point je tiens à elle, je ne lui ai certainement pas dis que je l'aimais non plus. D'une part, je trouve que nous ne nous connaissons pas depuis assez longtemps pour des mots aussi forts. D'autre part, après le décès de sa sœur, elle n'a plus prononcé ces mots, jusqu'à ce qu'elle retourne sur la tombe de Sara. Je tiens donc à ce qu'elle le fasse elle-même, quand elle se sentira prête. Je ne veux pas provoquer en elle une vague de panique qui la fera certainement fuir. Mes baisers, mes caresses et mes étreintes sont les seules manières pour moi de lui montrer combien je tiens à elle, combien je l'aime. Pour l'instant, cela nous suffit. Quand le besoin se fera sentir, nous nous donnerons plus.

En attendant, je la serre contre moi, sa délicieuse odeur de rose me rend heureux et ses douces lèvres sur les miennes viennent affirmer une chose : je suis effectivement amoureux d'elle.

Chapitre 34

MARY JONES

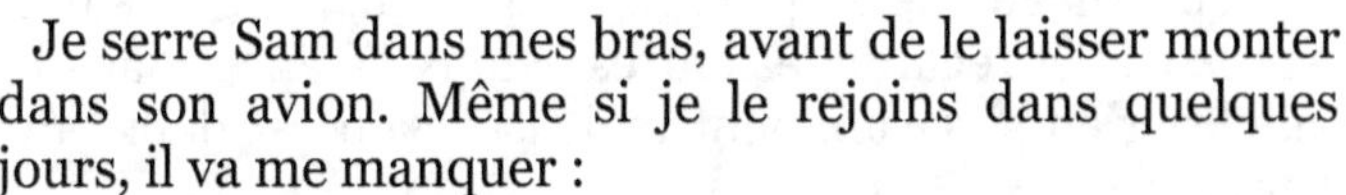

Je serre Sam dans mes bras, avant de le laisser monter dans son avion. Même si je le rejoins dans quelques jours, il va me manquer :

— Tu m'envoies un message quand tu es arrivé, tu n'oublies pas.

— Oui, ne t'inquiète pas.

Il m'embrasse tendrement et je prends ce baiser avec tout l'amour que j'ai pour lui. Son avion est dans quelques minutes, il n'y a plus le temps. Il me donne un dernier baiser sur la main avant de se fondre dans la foule de passagers avec qui il va partager son vol. Dommage qu'il n'ait pas accepté le jet, il aurait été tellement plus à l'aise qu'au milieu de tout ce monde.

Je lui adresse un dernier signe de la main quand il se tourne vers moi et je file rejoindre l'extérieur. Mon jet partira dans trente minutes, j'ai le temps de faire un dernier point avec Angela. Une fois remontée en voiture, je l'appelle :

— Angela, tout est en ordre pour mon départ ?

— Oui mademoiselle Jones, j'ai tout vérifié moi-même selon vos directives.

— Très bien, et concernant la fermeture le 24 et le 25 ?

Pour la première fois depuis l'ouverture de mon entreprise, je donne leurs jours de congés à tous mes employés pour Noël. Ça a été une sacrée organisation pour que tout continue de tourner malgré les fêtes, mais avec l'aide précieuse d'Angela, nous avons réussi à nous organiser.

Elle m'explique que tout est parfaitement planifié, que les usines ont produit suffisamment pour continuer à alimenter les stocks des grandes surfaces pendant les fêtes et que les chiffres sont tellement élevés qu'il n'y a aucun souci à se faire. Je ne serai de retour que le 28 décembre, c'est donc elle qui prendra les commandes.

Elle a fait ses preuves, je peux lui faire confiance pour gérer aussi bien que moi.

Je la remercie pour son efficacité, lui souhaite de bonnes fêtes et je raccroche. La voiture s'avance sur le tarmac et m'amène au pied de mon avion. Je lève la tête vers le ciel et regarde les autres avions s'élancer dans le ballet aérien si savamment maitrisé. Sam est dans l'un d'eux.

Je souris, le cœur triste. Georges et un jeune homme de l'aéroport chargent mes nombreuses valises dans le jet et je reste encore un peu dehors. L'air frais et enneigé d'Orkney me fait du bien, j'en ai besoin avant d'affronter l'étape qui m'attend. Georges s'avance vers moi :

— Nous avons fini Mary, vous êtes prête à partir ?

— Oui, merci, Georges.

Je rejoins l'escalier qui me donne accès à l'avion et rajoute :

— Passez un joyeux Noël et envoyez le bonjour à Penelope et aux enfants.

— Ce sera fait, joyeux Noël, Mary.

Je lui adresse un sourire sincère et monte dans le jet. Je prends place dans mon siège et pose mon sac à main à côté de moi sur un petit rebord en bois. J'attache ma ceinture, je suis une habituée des vols en avion, les consignes de sécurité sont ancrées dans ma tête.

Je surfe sur mon téléphone en attendant que l'avion se mette en marche. L'avion décollera d'ici quinze minutes, j'ai le temps de revoir mes mails professionnels une dernière fois. Je vérifie plusieurs petites choses, envoie un mail à tous mes collaborateurs pour les prévenir de mon absence à l'entreprise et leur propose de contacter Angela en cas de besoin. Seule cette dernière est autorisée à me déranger en cas d'urgence.

L'avion se met à rouler, il va se mettre en place pour le décollage. Je range mon Smartphone et regarde par le hublot. Je m'apprête à rejoindre mes parents pour fêter Noël après douze années sans les voir. Je suis contente de les retrouver, mais j'appréhende de dormir dans mon ancienne chambre. Je n'ai pas fait le tour de la maison la dernière fois, j'espère que la décoration a changé, que ça ne me ramènera pas aux heures les plus sombres de ma vie.

Le vol se passe à merveille, j'en profite pour me reposer et pour penser à Sam. Il me manque déjà, je me demande s'il est déjà arrivé. Il a dû retrouver sa famille et sans le voir, j'imagine déjà la joie qu'il a dû ressentir en les prenant dans ses bras.

La même joie que je vais m'autoriser quand je retrouverai mes parents. Ce qui ne devrait plus tarder, l'avion amorce sa descente vers Redonia. Après avoir roulé en direction du hangar, me voilà qui descend du jet. Je souris en découvrant mon père adossé à sa voiture. Je m'avance vers lui et me blottis dans ses bras :

— Papa ! Je suis contente que tu sois venu me chercher.

— C'est la moindre des choses, ma fille. Ils ont eu du mal à me laisser entrer là-bas !

Il montre du nez la barrière de sécurité qui sépare le tarmac de la route qui mène à la ville. Je réponds :

— Tu leur as dit qui tu venais chercher ?

— Oui, j'ai dû prouver que tu étais ma fille en montrant ma carte d'identité et le SMS que tu m'as envoyé pour me donner l'heure de ton arrivée.

— Je vais leur remettre les idées en place, ne t'en fais pas.

Il m'embrasse le haut du crâne et me dit :

— Bap ! Pas la peine, ma puce, ils m'ont laissé entrer c'est le plus important.

Un homme en uniforme, les bras chargés de mes valises, demande à mon père :

— Pouvez-vous ouvrir le coffre, monsieur, s'il vous plaît ?

Mon père s'exécute et le coffre se remplit vite de toutes mes affaires. Je resserre mon écharpe autour de mon cou, il ne neige pas, mais quel froid de canard !

— Dis, Mary, tu déménages chez nous ou quoi ? Tu ne risques pas de manquer d'affaires.

J'explose de rire :

— Non, il y a vos cadeaux et les cadeaux pour Sam et sa famille.

— Ah je vois, tu nous as gâté, ma princesse.

Il me donne une courte étreinte et referme le coffre une fois tout rangé à l'intérieur. Je monte dans la voiture et il prend place côté conducteur.

Le trajet est assez court et nous discutons tranquillement tout le long. À quelques mètres de notre arrivée, mon père se racle la gorge et dit :

— Je te préviens, ta mère a un peu abusé...

— Quoi ? Comment ça ?

— J'ai essayé de la calmer, mais comme c'est ton premier Noël depuis... enfin tu vois. Elle a tenu à mettre les petits plats dans les grands.

Je me tends immédiatement. J'ai accepté de venir, j'ai accepté de prendre sur moi et de fêter Noël, mais je ne sais pas si j'encaisserais un débordement d'émotions.

— Papa tu me fais peur là... Qu'est-ce qu'elle a fait ?

— Elle t'a acheté une multitude de cadeaux, a prévu des repas monstrueusement copieux... si t'arrives à la calmer, moi je n'ai pas réussi.

Il essaye d'ajouter un petit rire, pour détendre l'atmosphère. Ça m'effraie plus que ça me fait rire. Pour un retour dans la vie de famille, j'aurais aimé qu'on fasse ça en douceur. J'apprécie les efforts de ma mère, mais j'ai encore la boule au ventre à l'approche de la date. Les années ont beau passer, le temps s'écouler, je souffre toujours autant.

Je souris poliment à mon père quand il tourne la tête vers moi, il sent quand même que je suis tendue :

— Oh, Mary, ne t'en fais pas, si ça te blesse, si tu as du mal on sera là. On ira à ton rythme. Promis ma fille.

Il termine sa phrase en posant sa main sur la mienne et me donnant une caresse réconfortante. Je sais qu'ils comprendront, mais je n'ai pas envie de les décevoir. J'ai envie de réussir à surmonter mon malheur, à accepter de vivre avec eux ces moments importants.

Je tourne la tête vers l'extérieur et aperçois la maison de mon enfance. Mon père gare la voiture dans l'allée enneigée et me voilà arrivée. Je ne suis pas sûre d'être prête à affronter tout ça, je vais faire de mon mieux, mais j'ai peur.

Je descends de la voiture, encore un peu tendue et anxieuse. Ma mère sort de la maison, un immense sourire sur son doux visage. Elle accourt vers moi et me prend dans ses bras :

— Ma poupée ! Je suis tellement heureuse que tu sois là. Tu as fait bon voyage ?

Je la serre contre moi :

— Très bien, il fait plus froid ici qu'à Orkney.

Ma mère confirme, me donne un rapide baiser sur le front et aide mon père avec mes affaires. Je reste plantée là, sans savoir quoi faire. Je me décide à leur donner un coup de main quand je les vois s'affairer sur mes innombrables sacs.

— Attends, papa, je t'aide.

J'en attrape un, puis deux et nous voilà tous les trois les bras chargés. Une fois à l'intérieur, la chaleur ambiante me fait tout de suite du bien. Nous posons tous mes sacs dans l'entrée, un peu en retrait de la porte. Mon père me dit :

— Tu veux que je monte tout dans ta chambre ?

— On verra après, non ?

Ma mère intervient :

— Oh oui, on a le temps. Viens prendre une boisson chaude pour te réchauffer. J'ai préparé du chocolat chaud maison, tu en veux ?

Je souris et hoche la tête avant de suivre ma mère jusqu'à la cuisine. Je m'installe à table et la laisse me servir une énorme tasse fumante. Mon père s'installe à côté de moi. Me voilà de retour à la maison. Mon cœur se serre, c'est exactement comme il y a douze ans.

À la seule exception que ma sœur n'est plus là. Je baisse les yeux devant la tasse et un petit sourire se dessine sur mes lèvres. Mon père le voit et pose sa main sur mon épaule :

— On a tout gardé, Mary, peu importe les années, tu restes notre petite fille chérie.

Je le regarde, reconnaissante et aimante. Je regarde ma mère, son regard brille, elle est émue. Je n'avais pas revu cette tasse depuis si longtemps, pourtant elle est exactement comme dans mon souvenir. Je demande :

— Vous avez celle de Sara ?

— Oui, pourquoi ?

— Je peux l'avoir, s'il te plaît ?

— Bien sûr...

Ma mère se lève et attrape la tasse dans le placard. Je la prends et la colle contre la mienne. Voilà, là c'est parfait. Les deux tasses sont découpées de façon à se rejoindre. L'une est rouge, l'autre est blanche. Nos deux prénoms y sont inscrits, accompagnés de flocons, d'étoiles et d'un petit père Noël rondelet.

Comme le yin et le yang, elles s'emboîtent parfaitement. Comme ma sœur et moi étions si complémentaires. Une larme s'échappe de mon œil et vient rouler sur ma joue. Pourtant, elle n'a pas la même saveur cette fois. Certes, la tristesse est présente, mais une autre émotion prend le dessus. Une forme de... bonheur. Une joie m'emplit, celle d'être là aujourd'hui, celle de replonger dans de beaux souvenirs.

J'essuie ma larme et souris à mes parents :

— Je suis vraiment heureuse d'être là.

Chapitre 35

SAM THOMPSON

Le vol en classe économique, ce n'est vraiment pas la même chose que le jet de Mary. J'éviterai de lui dire, mais elle avait raison à propos du confort. J'ai malgré tout pu me reposer et j'arrive en pleine forme à l'aéroport de Palatino.

Bien sûr, ma famille m'y attend déjà, enfin une partie seulement, heureusement. Mon père tient les épaules de James et Peter se tient à côté avec un large sourire. Je m'avance vers eux, mon sac sur l'épaule :

— Oh, comme vous m'avez manqué !

Je prends James dans mes bras et le soulève pour le serrer contre moi. C'est dingue comme il a grandi ! Il me serre fort contre lui :

— Tonton Sam ! Tu m'as trop manqué aussi !

Je le dépose au sol et lui ébouriffe affectueusement les cheveux. Mon père s'avance à son tour en me tendant les bras :

— Sammy ! Je suis content de te voir fiston !

Je serre mon père dans mes bras, il est à peine un peu plus petit que moi. Enfin, je me tourne vers mon beau-frère qui me tend la main :

— Salut Sam ! Comment ça va ?

Je lui serre la main, posant l'autre sur son épaule :

— Super, je suis enfin de retour au bercail !

Mon père me dit :

— Tu as récupéré tes valises ?

— Non, pas encore je dois aller...

Je farfouille dans ma poche et en sors le billet d'avion :

— Au tapis numéro quatre !

Nous nous dirigeons ensemble vers le tapis roulant et mon neveu ne me lâche pas la main. Nous discutons en attendant patiemment mes bagages. Tiens, une autre chose que j'omettrai de raconter à Mary. Je n'aurais pas attendu trente minutes avec son jet privé.

Je souris quand cette idée s'infiltre dans mon esprit. Le tapis s'enclenche enfin, les bagages arrivent. Pour une fois, je suis chanceux, mes valises sortent en premier. Je les attrape, aidé par mon beau-frère, et nous nous dirigeons enfin vers la sortie.

Lorsque nous arrivons devant la maison de mon enfance, mon sourire s'agrandit. Je suis attendu et tandis que je descends de la voiture une petite tête accourt vers moi, suivie par ma sœur Ana :
— Parrain !
Ma filleule Zoé me saute dessus et je l'attrape au vol. Je la fais tournoyer au-dessus de ma tête en riant :
— Ma princesse !
Elle hurle de sa petite voix :
— Arrête c'est trop haut !
Je la serre contre moi, bien trop heureux de la retrouver enfin. Ma sœur arrive à mon niveau :
— Tu oublies que deux mètres c'est bien trop haut pour une petite fille de cinq ans.
Je donne à ma sœur une grosse bise sur la joue et la serre contre moi de mon bras libre :
— Tu déconnes, je mesure seulement un mètre quatre-vingt-treize !
Elle explose de rire et tend les bras à Zoé :
— Viens, ton parrain doit aider ton père à décharger ses valises.
Je me retourne vers le coffre et vois Peter se battre contre les deux lourdes valises que j'ai emportées. Je viens à son secours et les sors du pick-up de mon père.
Sur le seuil de la porte, ma mère, Louis et ma sœur Chloé m'attendent. James rentre en courant et fait l'avion avec ses bras, ce qui lui vaut une réprimande de sa mère :
— Arrête tu vas glisser, James !
Il s'interrompt immédiatement, obéissant à sa mère au doigt et à l'œil comme toujours. Mon neveu me serre les genoux, je pose mes valises et le prends dans mes bras. Lui aussi me serre de ses tout petits bras :
— Tonton Zam !

Il zozote un peu c'est adorable. Je lui fais un bisou et le repose au sol. Ma mère s'approche de moi, elle est toute petite et je me plie pour la prendre dans mes bras :

— Mon fils chéri !

Elle recule la tête, prend mon visage entre ses mains et m'examine :

— Tu es beau mon fils ! Mais, c'est quoi cette barbe ?

— Merci maman, oui je l'ai laissée un peu longue là.

— Et ça ne dérange pas ton amoureuse ?

Elle me pince la joue affectueusement. Je rigole avec elle et me tourne vers ma petite sœur Chloé. Enfin, pas si petite quand même, elle a vingt-cinq ans :

— Sœurette, toujours aussi mignonne !

— Ouais, et toi toujours aussi cachotier !

Je feins l'innocence en la prenant dans mes bras :

— Moi ? Comment ça ?

Elle recule légèrement :

— Ne fais pas l'innocent, maman m'a dit que ta chérie allait venir passer quelques jours avec nous.

Elle me tape sur l'épaule pour appuyer ses paroles :

— Et tu en parles à Ana et pas à moi ! Je rêve ou quoi !

Je rigole aux éclats, ne serait-elle pas en train de me faire une petite crise de jalousie celle-ci ? Je lui donne un baiser fraternel sur le haut du crâne et lui dis :

— Ça a été un mois de folie ma sœur, je vais me rattraper c'est promis !

— C'est ce qu'on verra *Don Juan* !

La famille Thompson est au complet, les festivités peuvent commencer ! Les enfants me tirent le bras vers le salon où nous attend un immense sapin qui n'attend qu'une chose : être décoré. Trois énormes boîtes en bois sont à son pied, elles contiennent assez de décorations pour s'occuper de la maison entière. Le salon est grand, le sapin prend place non loin de la cheminée et le reste de l'espace est comblé par trois canapés, une table basse et un énorme buffet. C'est une pièce chaleureuse, un de ces endroits où l'on aime passer du temps.

Tandis que ma mère me sert une tasse fumante de café, j'ouvre les caisses en bois avec l'aide de mes neveux et de ma filleule. Je démêle les guirlandes, les tends aux enfants qui les accrochent sur le sapin, aidés par Ana et Chloé. La tradition familiale de Noël commence. Deux heures, quinze guirlandes, trente-cinq boules et une étoile plus tard, le sapin est fin prêt. Zoé, perchée sur mes épaules, a accroché l'étoile pour la première fois. Chaque année, un membre de la famille est désigné pour apposer cet élément si précieux. Cette année, c'est Zoé qui a été choisie, au grand dam de ses frères.

Maintenant, je prends possession de la chambre qui sera la mienne pour les prochains jours. Il y en a cinq chez mes parents, une pour les enfants, une pour Ana et Peter, une pour Chloé (qui sert également de bureau), celle de mes parents et celle que j'occupe. Les pièces sont spacieuses, j'ai donc la place de ranger mes affaires, et de m'étaler un peu. Il n'y a en revanche que deux salles de bain, pour neuf personnes, ça va être un peu compliqué, mais on s'adapte. S'il y a bien quelque chose que savent faire les Thompson, c'est s'adapter.

Avant de m'installer, j'envoie un SMS à Mary :

Sam : Je suis bien arrivé dans ma famille, tout se passe bien et je suis heureux de les retrouver.
J'espère que tes parents vont bien, embrasse-les de ma part. Tu me manques déjà ma chérie et il me tarde de te retrouver.
Bisous ma Mary.

Sa réponse est immédiate :

Mary : Je suis contente pour toi, ici aussi tout se passe bien. Je retrouve enfin ma place, grâce à toi. Merci encore, mon chéri. Je t'embrasse tendrement, passionnément, à la folie Sam.
Tu me manques.

Son SMS me fait sourire, comme un gamin transit d'amour. Je pose mon téléphone et m'attelle à ranger mes affaires. Je profite de ce moment seul pour réorganiser les cadeaux dans les valises et les cacher au fond du placard. Je ferme la porte de celui-ci quand James arrive dans la chambre, suivi par Louis :

— Tonton, viens je veux te montrer notre chambre.

— J'arrive, mon grand.

Je pose mon téléphone sur le petit bureau et suis les enfants. À ce moment précis, tout est parfait. Certes, Mary n'est pas là, mais elle le sera bientôt et je suis sûr que nous allons passer deux jours merveilleux. Je compte bien lui faire découvrir ma ville natale, ainsi que mes traditions familiales.

Un peu de normalité lui fera le plus grand bien, loin de la ville et de tout ce que ça implique pour elle.

Chapitre 36

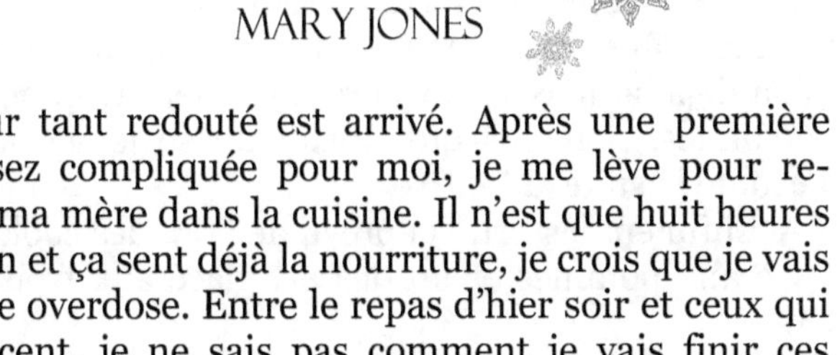

MARY JONES

Le jour tant redouté est arrivé. Après une première nuit assez compliquée pour moi, je me lève pour rejoindre ma mère dans la cuisine. Il n'est que huit heures du matin et ça sent déjà la nourriture, je crois que je vais faire une overdose. Entre le repas d'hier soir et ceux qui s'annoncent, je ne sais pas comment je vais finir ces fêtes, mais je vais devoir surveiller mon alimentation une fois de retour à Orkney.

Je découvre ma mère la tête baissée vers le four :

— Bonjour maman, tu es bien matinale !

Elle se relève avec le sourire et referme le four :

— Oui, je veux m'y prendre tôt pour ne rien laisser de côté. Tu as bien dormi ?

Je ne sais pas si je dois jouer franc jeu ou protéger ma mère de mes blessures. Je n'hésite pas longtemps :

— Pas trop, la chambre... ça me fait encore bizarre.

— Je comprends ma fille, tu veux un café ?

— Oui, s'il te plaît.

Elle attrape la cafetière et me verse une grande quantité du liquide noir dans ma tasse attitrée. Je la remercie et lui demande :

— Tu as prévu quoi comme menu ?

— Pour ce soir ? Ou demain ?

— Euh... ce soir pour commencer.

Elle pose un gros paquet de farine sur la table, juste en face de moi et énonce :

— Alors, il y aura des toasts en apéritif, avec des mini pizzas maison, des bâtonnets de légumes avec une sauce à la crème, quelques chips, car ton père les adore. Ensuite, une entrée froide avec du saumon fumé, des crevettes, des huitres et une salade, une entrée chaude avec un feuilleté de viande et de fromage.

— Attends, ça c'est « que » l'entrée ?

— Oui, pourquoi ? Ce n'est pas assez ?!

Je la rassure tout de suite :

— Si, si ! C'est parfait maman ! Continue.

— Donc, ensuite une dinde farcie, accompagnée de brocolis, pommes de terre au four, carottes et riz blanc. Oh, bien sûr il y aura une sauce pour tout accompagner.

J'ai déjà la nausée, il y aura forcément trop pour trois personnes. À moins que quelqu'un se joigne à nous ? J'écoute la suite, attentive :

— Enfin en dessert, j'ai prévu de faire des cookies, une tarte aux pommes et un dessert glacé aux trois chocolats.

— Maman ?

— Oui, ma puce ?

— On est bien que tous les trois, rassure-moi ?

— Oui, pourquoi ?

Elle semble réellement ne pas comprendre où je veux en venir, j'ai un petit rire qui m'échappe et ma mère reste plantée au milieu de la pièce, sans savoir de quoi je parle. Je lui dis :

— Tu as prévu un très bon repas, mais un peu trop tu ne penses pas ?

Elle regarde autour d'elle, comme si la cuisine allait lui donner la réponse :

— Oh...

Elle a l'air tellement déçue. Je me lève et pose ma main sur son bras dans un geste très affectueux :

— Mais, c'est très bien. C'est juste que je ne voudrais pas qu'on gaspille.

— Ne t'inquiète pas.

Son sourire est revenu et elle caresse ma joue de sa main :

— Les quantités sont adaptées, nous ne gaspillerons rien.

Elle dépose un baiser sur ma joue et récupère d'autres ingrédients. Je reprends place à table et elle m'explique qu'elle prépare la pâte à cookies. Je termine mon café et lui donne un coup de main.

Je cuisine avec ma mère, comme avant, comme si rien n'était arrivé. Je passe une matinée vraiment géniale et je suis heureuse de retrouver ces moments en famille.

Le repas du midi est léger, fort heureusement. Une simple salade composée, préparée avec ma maman.

Dans l'après-midi, je passe du temps avec mon père. Nous discutons de choses et d'autres et il me montre leurs beaux albums de vacances au coin de la cheminée. Une de ces journées dont je n'osais plus rêver. Oui, il ne manque que ma sœur pour venir compléter ce beau tableau. Je demande :

— Papa, tu pourrais sortir les albums de Sara et moi ?

— Oui, bien sûr !

Avec entrain, il se lève et se dirige vers le buffet qui contient des années de souvenirs photographiques. Il pose devant moi trois énormes albums et je commence à les feuilleter. Depuis douze ans, je n'ai pas revu une seule photo de Sara. Je tourne les pages, nostalgique. Une petite boule se forme dans ma gorge, mais les larmes ne coulent pas. Je rigole à la vue de certains clichés et commente d'autres en parlant de la journée où nous les avons pris.

Les souvenirs me font du bien, beaucoup de bien. Comme si un poids énorme quittait soudain ma cage thoracique, pour me laisser avancer. Si j'avais su que revenir ici aurait plus d'impact que n'importe laquelle de mes thérapies, je serais venue plus tôt.

Au fil des pages, nos portraits vieillissent, nous grandissons, nous devenons, côte à côte, des adolescentes. Je souris encore.

Puis vient la dernière photo, celle prise juste avant notre départ à la montagne. Je caresse le cliché du bout du doigt. Sara porte un énorme manteau de couleur et arbore un sourire éblouissant, je suis juste à côté d'elle et je souris tout autant, dans la même combinaison de ski ridicule. Je tourne la page, les autres sont vides évidemment. Je crois que ce qui me fait le plus mal, c'est de découvrir les pages vides qui suivent cette photo. J'avais dix-sept ans ce jour-là, j'en ai vingt-neuf aujourd'hui. Aucune photo ne montrera mon évolution. Sauf celles des magazines, celles trouvées sur internet, celles qui me représentent comme une chef d'entreprise froide et sans cœur.

Je pousse un râle de mécontentement, mon père referme l'album :

— Nous rajouterons des photos, nous en ferons des nouvelles.

— Oui, mais par ma faute il manque une décennie de clichés !

— Mary, ce n'est pas ta faute.

Il se lève et range les albums. Depuis mon retour, il n'a de cesse de répéter que peu importe le temps, l'important c'est que je sois là. J'ai du mal à l'assimiler. Je m'en veux tellement :

— Si, c'est ma faute. J'aurais dû revenir, j'aurais dû être présente avec vous. J'ai été égoïste !

— Stop !

Il a crié. Je relève la tête, choquée par sa réaction. Il s'approche vers moi, avec douceur et il s'assied :

— Je ne supporterai pas de t'entendre parler de la sorte. Ce n'est pas ta faute, tu avais besoin de temps c'est tout. Nous pourrions nous aussi nous sentir responsables, nous sommes tes parents nous aurions pu prendre un avion, un train, une voiture ou n'importe quoi d'autre et venir te voir. L'avons-nous fait ? Non. Sommes-nous coupables ? Non. Ta mère et moi avons préféré te laisser le temps nécessaire à ta reconstruction. Alors, certes, douze ans sont passés, mais qu'est-ce que ça change ? Rien. Nous nous retrouvons, nous nous aimons.

Je reste bouche bée face au discours de mon père. Silencieuse, je l'écoute avec les larmes aux yeux :

— Ta sœur et toi vous étiez tellement proches... de vraies jumelles. Ce que tu as vécu dans cette voiture, c'est inimaginable pour nous. En plus de perdre Sara, tu as vécu un enfer sans nom. Tu l'as tenue dans tes bras jusqu'à son dernier souffle. Qui pourrait te blâmer d'avoir voulu t'éloigner de tous ces mauvais souvenirs ?

Cette fois-ci, je pleure carrément. Je me laisse aller dans les bras de mon père et sanglote comme une enfant :

— Je t'aime papa, je suis tellement désolée.

Il caresse ma tête affectueusement et s'arrête quand il entend les mots que j'avais juré de ne plus jamais prononcer. Il resserre son étreinte et murmure :

— Je t'aime aussi, Mary, ma douce fille.

Le bruit d'un sanglot parvient à mes oreilles. Nous relâchons notre étreinte et relevons les yeux vers ma mère, plantée en plein milieu du salon, le visage rempli de larmes :

— Je ne voulais pas vous interrompre, j'ai entendu ce que tu as dit Dominic et... ce que tu as dit Mary.

Elle s'approche de nous et s'assied sur la petite table basse pour nous faire face. Elle pose sa main sur la mienne :

— Je suis d'accord avec ton père, nous ne t'en voudrons jamais. Le passé est derrière nous, le présent est merveilleux grâce à ta présence, concentrons-nous sur celui-ci.

Je m'agenouille devant elle et la prends dans mes bras à mon tour :

— Je t'aime, maman.

Nos sanglots résonnent dans la pièce. L'émotion est intense et nécessaire.

Après avoir réussi à me calmer, j'ai proposé à mes parents d'ouvrir leur premier cadeau. Mon père a râlé, ma mère l'a convaincu. Je suis donc montée dans ma chambre chercher deux paquets à leur attention.

Au salon, je leur demande de prendre place sur le canapé et je leur dépose deux boîtes sur les genoux.

— Maman, à toi l'honneur.

Comme une enfant, elle déballe le cadeau. Le couvercle soulevé, elle découvre une jolie robe de ma marque. Elle la déplie et s'exclame :

— Oh mon dieu, Mary ! Elle est magnifique !

Elle se lève, faisant tomber la boite au passage et m'enlace, la robe dans les mains :

— Merci beaucoup ma puce !

Je souris, je ressens une joie incomparable d'avoir réussi à lui faire tant plaisir. Je lui dis :

— J'ai pensé que tu aimerais la porter ce soir.

— Tu as bien pensé !

Elle la regarde admirative et donne le feu vert à mon père pour qu'il ouvre son paquet. Il sourit avant même d'enlever le couvercle décoré de la boîte.

Quand il retire le papier de soie qui recouvre le costume de luxe, son sourire s'agrandit :

— Wow, ma fille c'est incroyable.

Il regarde en détail le tissu et le touche du bout des doigts :

— C'est d'une qualité ! Merci beaucoup, Mary !

Il se lève à son tour et m'enlace pour me remercier. Je suis une fille comblée de rendre mes parents heureux. Je leur dis que ce n'est pas grand-chose et que d'autres présents les attendent.

Ma mère se dirige vers le sapin et attrape un petit paquet à mon nom. Elle me le tend :

— Tiens, ouvre celui-ci !

Je l'attrape et la remercie avant même de voir son contenu. Je déchire l'emballage et découvre une petite boîte grise. Je l'ouvre, ce sont de magnifiques créoles en argent.

— Merci, maman, papa. Elles sont superbes, je les porterai pour le repas de ce soir.

Nous sourions, rions et passons une excellente fin d'après-midi. Je décide de monter me préparer pour le repas. Mes parents en font de même, une fois la table dressée et décorée. Une fois ma douche prise, je décide d'envoyer un SMS à Sam :

Mary : Joyeux Noël mon chéri. Tu me manques.

Sam : Joyeux Noël mon amour. Il me tarde de te prendre dans mes bras.

Je souris, c'est la première fois qu'il m'appelle comme ça, je dois avouer que j'adore. Il m'envoie une photo de lui, prise dans un miroir beaucoup trop petit. Sa tenue est splendide, il est vraiment magnifique. Je lui réponds rapidement :

Mary : Wow ! Quel canon ! Tu me fais craquer !

Je finis de me préparer et je t'envoie une photo.

Sam : N'exagérons rien, j'ai juste fait un effort vesti-
mentaire. La cravate sera décrochée bien avant
l'entrée.
Prépare-toi vite, j'ai hâte de voir ma beauté de petite
amie.

Je m'exécute et me fais jolie le plus vite possible. La
coiffure, le maquillage, la robe et les talons. Il n'est pas
là, mais la photo lui plaira je pense. Puisque le miroir de
ma chambre est vraiment petit, je ne peux me prendre
en photo seule. Je descends au salon demander à mon
père. Je le trouve en train de se battre avec son nœud
papillon, je pose mon téléphone sur la table basse :
— Attends, je t'aide.
Il se retourne et ouvre de grands yeux :
— Tu es magnifique ! Ma petite fille est devenue une
très belle femme, je suis si fier !
Je noue le tissu en satin en souriant, le costume lui va
comme un gant. J'ai encore l'œil pour repérer la taille
des gens, je suis plutôt fière de moi.
— Et voilà, tu es prêt ! Il te va très bien.
— Merci, c'est d'une qualité... Wow !
Je lui demande alors de me prendre en photo avec
mon téléphone pour que je puisse l'envoyer à Sam. Il le
fait avec plaisir et je me place devant le sapin, les décorations m'étant un peu plus supportables. Ma mère arrive, elle est tellement belle. Mon père sifflote :
— Wow ! Quelle chance j'ai ! Je suis entouré de deux
magnifiques femmes ce soir.
— Oh arrête ton char, Dominic !
Mon père ce dragueur, il continue de taquiner ma
mère avec la même étincelle dans le regard qu'il y a des
années. Je les regarde, attendrie par leur amour. Il la
prend par la main, la fait tourner sur elle-même et
l'embrasse tendrement.
Je baisse la tête sur mon téléphone et envoie la photo à
Sam. Secrètement, j'espère avoir ce genre d'histoire avec
lui. Je suis bien bête à imaginer une telle chose ce soir,

loin de lui. Moi, la femme qui s'était fermée à l'amour, qui ne faisait qu'accumuler les hommes entre ses cuisses. Je me mets à rêver à une vie de couple, une vie de famille même. Mon traumatisme se serait-il dissipé ?

Ma peur de l'abandon, de la perte humaine, j'ai l'impression de ne pas y penser. Je refusais toute accroche sentimentale à cause de ces peurs irrationnelles, mais fondées. Et me voilà à ne plus y prêter attention. Bien sûr, j'ai peur de perdre Sam, mais je n'y pense pas constamment au point de me provoquer un ulcère. Et plus important encore, cette peur ne me fait pas fuir.

J'ai envie d'avancer, j'ai envie de plus, j'ai envie de construire quelque chose, j'ai envie qu'il soit le dernier homme de ma vie.

Chapitre 37

SAM THOMPSON

Je suis réveillé par James, Louis et Zoé qui me sautent dessus en criant :

— Tonton ! Tonton ! C'est Noël ce soir !

La petite voix aigüe de Zoé se démarque :

— Parrain réveille-toi on va faire des cookies avec Mamie !

J'ouvre un œil en grognant, les enfants reculent. Je m'étire et grogne à nouveau. Le silence se fait dans la chambre. Sans crier gare, j'attrape Louis, qui est le plus proche et l'assaille de chatouilles. Il explose de rire et de mon autre bras, j'attrape James, puis Zoé.

— Alors, vous venez réveiller votre vieux tonton fatigué !

Les rires des trois enfants résonnent dans la pièce et emplissent mon cœur d'une joie inégalable. Que peut-il exister au monde de plus beau que le rire d'un enfant ? Le rire de son propre enfant peut-être.

Ana entre dans la chambre :

— Arrête Sam ils viennent de déjeuner ils vont vomir partout !

Je regarde par-dessus mon épaule et chuchote aux enfants de manière que ma sœur n'entende pas :

— À trois on saute sur maman et on lui fait des chatouilles. Vous êtes prêts ?

Leurs trois petites têtes brunes s'agitent de haut en bas, Zoé cache sa bouche et rigole. Je me tourne à nouveau vers ma sœur, qui nous regarde suspicieuse :

— Un... Deux... Trois !

Je m'élance vers Ana, suivi par les enfants et la jette sur mon épaule, ignorant son cri de protestation, avant de la poser sur le lit.

— À l'attaque les enfants !

À nos huit mains, nous la chatouillons en riant bruyamment. Elle se débat en riant et n'arrive pas à parler correctement :

— Arrê...Arrêtezzzzz ! Noo—Nooon Stooop !

Elle est morte de rire, je le suis aussi. Quelle meilleure façon de commencer la journée ?

Chloé arrive à son tour :

— C'est quoi ce raffut ?!

Quand elle découvre le tableau, elle nous rejoint et s'attaque à mes côtes :

— Ah je vais t'apprendre à chatouiller ma sœur !

Nous rions tous comme des enfants, au milieu de vrais enfants. Cette bataille de chatouilles, elle existe entre nous depuis notre plus tendre enfance. Maintenant, aucune d'elles ne peut prendre le dessus sur moi et c'est encore plus drôle.

Nous finissons par nous calmer et je dis à mes sœurs :

— Bon, je suis bien réveillé maintenant, mais je vais quand même aller prendre un café.

Je me lève et tout le monde me suit en bas. La journée peut commencer. Ma mère est déjà dans la cuisine, elle prépare tout ce dont elle a besoin pour le repas de ce soir. Je l'embrasse sur la tempe :

— Bonjour maman, tu as bien dormi ?

— Très bien, et toi mon fils ? Le lit n'est pas trop petit ?

— Non, c'est très bien ne t'en fais pas.

J'ai l'habitude que mes pieds dépassent, quand on mesure près de deux mètres, difficile de trouver un lit adapté, avec un petit budget ! Le seul lit dont je ne dépasse pas, c'est celui de Mary. Mais je n'ose même pas imaginer le prix qu'il a dû couter.

Je me sers un café en écoutant les enfants me détailler leurs plans pour la journée. Bien sûr, James veut absolument faire du quad dans la neige avec son père, Louis veut aller dans l'atelier de mon père pour le regarder travailler et Zoé veut rester en cuisine pour aider ma mère. Enfin, elle va surtout en profiter pour goûter à tous les plats. Ma petite gourmande.

Je passe la matinée à discuter avec mes sœurs et à tout leur dire à propos de Mary. Elles m'ont demandé tellement de choses sur elle que je ne savais plus quoi raconter. Chloé me dit :

— Mais, je crois que ma boutique distribue sa marque. C'est Jones quelque chose.

— Oui, c'est ce que m'a dit Ana. Je ne parle pas trop de son travail avec elle, mais je sais qu'elle cartonne.

— Ah ça pour cartonner !

Ana rajoute :

— On la voit sur beaucoup de magazines people. Mais, Sam, je suis obligée de te poser la question. Tu es sûr de toi avec elle ? Je veux dire... Elle n'a jamais connu de relation sérieuse, t'as l'air amoureux d'elle et je ne voudrais pas que tu souffres...

Chloé confirme :

— Ouais, qu'elle ne te refasse pas le coup de Lola. Je vais croupir en prison sinon pour avoir frappé la femme la plus puissante du pays.

Je rigole, passe une main sur ma barbe et rassure mes sœurs :

— Ne vous inquiétez pas mes sœurs, elle n'est pas comme Lola. Elle a beaucoup changé depuis notre rencontre et elle a un cœur énorme, beaucoup d'amour à me donner.

Ce que j'ai vécu avec Lola, ma famille s'en souvient parfaitement. Je suis tombé amoureux de cette fille et je lui ai tout donné, sans réfléchir. Je me suis offert à elle, sans penser une seule seconde à protéger mon cœur. J'étais jeune, insouciant.

Nous nous étions rencontrés par le plus grand des hasards dans une boutique d'articles de sport. Les débuts étaient beaux, je suis vite tombé amoureux d'elle. Puis, petit à petit, les choses sont devenues bizarres. Nous ne nous voyions que quand elle était disponible, et elle l'était rarement. Je lui ai proposé d'emménager ensemble, elle a dit non. Sa raison était étrange, une excuse à laquelle personne ne croyait. Personne à part moi. J'ai accepté sa décision et nous avons continué à nous voir chez l'un, chez l'autre.

Après un an et demi de relation, fou d'amour pour elle, je lui ai fait ma demande. J'ai posé un genou à terre, j'ai acheté une multitude de roses, un costume hors de prix et payé un restaurant gastronomique. Une bonne partie de mon maigre salaire était passé dans cette soirée. Elle a refusé ma demande. Là encore, sa raison tenait la route à mes yeux, mais pas aux yeux de ma famille.

Triste et déçu, je suis parti voir ma grande sœur pour lui parler. Sous ses précieux conseils, je suis retourné dès le lendemain chez Lola, pour avoir une explication. Je n'ai pas eu besoin de discuter avec elle pour comprendre ses raisons. La porte de l'appartement où elle vivait fut ouverte par un homme, ne portant rien d'autre qu'une serviette autour de la taille. Elle était arrivée derrière lui, elle aussi vêtue uniquement d'une serviette. Son regard quand elle a vu que c'était moi, mémorable.

J'ai collé mon poing dans la gueule du mec, et je suis parti sans jamais me retourner. J'ai souffert très longtemps de cette trahison. Je suis devenu plus méfiant, plus soupçonneux. La moindre chose me faisait douter, voilà pourquoi j'ai préféré rester seul, jusqu'à trouver une personne en qui j'aurais confiance.

Je pose ma main sur celle d'Ana, qui semble inquiète pour moi plus qu'elle ne veut bien le dire :

— Crois-moi, je suis sûr. Je n'irai pas jusqu'à dire que je vais l'épouser tout de suite, que nous allons fonder une famille et acheter une maison à la campagne, mais... j'en ai envie, j'ai envie de croire en elle, en nous. Son regard ne ment pas, elle est sincère avec moi. Elle a encore des choses à apprendre en matière de relation, mais elle est géniale. Je lui fais confiance.

Elle me sourit, pose sa main sur la mienne et réponds :

— Je te fais confiance alors. Je ne t'ai pas vu comme ça depuis si longtemps, elle doit vraiment en valoir la peine.

Ma mère interrompt notre conversation :

— Enfin mon fils va se caser ! Je suis contente et impatiente de rencontrer cette jolie fille !

Elle se tourne vers Chloé :

— Et toi ? C'est pour quand ?

— Oh là là ! C'est reparti !

Nous explosons de rire en chœur, à chaque fois, ma mère nous fait le coup. Elle est si impatiente de nous voir en couple qu'elle nous pose la question sans arrêt. Chloé en a marre et le fait savoir en râlant :

— Je n'ai pas besoin d'un homme dans ma vie pour le moment. Je suis très bien toute seule et au moins je n'ai de comptes à rendre à personne.

— Oui ma fille, mais tu sais...

Ana prend la défense de notre petite sœur :

— Maman, elle est bien comme ça, laisse-la. Elle n'a que vingt-cinq ans elle a le temps, qu'elle profite de son célibat, après la vie n'est plus la même.

— Merci Ana ! Maman, ne t'inquiète pas pour moi. Je suis très heureuse comme ça.

Pas très convaincue, mais respectueuse envers ses filles, ma mère bat en retraite :

— Bon... si tu es heureuse c'est tout ce qui compte.

Elle embrasse mes sœurs sur le front et reprend sa préparation culinaire. Ana sa lève :

— Bon, je vais profiter du calme pour aller lire un peu.

— Ouep' moi je vais aller prendre un bain, ça va me faire du bien.

Je leur souris et annonce que je vais aller prendre l'air. J'enfile mon manteau et pars me promener dans le quartier enneigé.

Je noue ma cravate et me voilà fin prêt. Après un petit échange de SMS avec celle qui fait battre mon cœur, je descends retrouver ma famille. Peter est déjà prêt, plongé sur son téléphone, mon père se fait nouer la cravate par ma mère et Chloé cherche un CD à mettre dans la chaîne hifi de la salle à manger. Je demande à Peter :

— Les enfants sont prêts ?

— Presque, Ana donne la touche finale à leurs tenues.

Je prends place dans le canapé et sort mon téléphone qui vibre dans ma poche. C'est une photo de Mary. Bon sang, qu'est-ce qu'elle est belle ! Elle porte une robe rouge qui lui arrive au genou, manches longues et décolleté raisonnable. Elle est tellement classe ! Chloé me sort de ma contemplation :

— Tiens, tiens regardez qui bave devant sa Mary chérie !

Je rigole et avant même de pouvoir verrouiller mon téléphone, le voici dans les mains de ma sœur. Elle détaille la photo et lève les sourcils :

— Beh mon vieux ! Tu t'embêtes pas hein ! Elle est vraiment canon.

— Donne-moi ça curieuse !

Je reprends mon téléphone et le range dans ma poche. Peter rigole et nous dit :

— Vous ne vous arrêtez jamais tous les deux hein ?

Chloé me jette un œil malicieux et nous répondons en chœur :

— Jamais !

L'hilarité nous gagne. Ana arrive, précédée des enfants :

— Parrain tu as vu ma jolie robe !

Je prends Zoé dans mes bras et la complimente :

— Vraiment magnifique petite princesse !

— Et moi tonton, z'ai mis un coztume !

Louis est très beau avec son petit nœud papillon, James porte aussi un beau costume et je les trouve vraiment à croquer. Je pose Zoé et dis :

— Mettez-vous devant le sapin je vais vous prendre en photo.

Ils s'exécutent non sans jouer des coudes et je prends le premier cliché de cette belle soirée. Une autre de nos traditions de Noël consiste à nous prendre en photo devant le sapin illuminé. Nous faisons toujours ça avant de commencer l'apéritif. De cette manière, pas de tâche disgracieuse, pas d'œil qui louche à cause du lait de poule et pas de rouge à lèvres qui coule pour les femmes.

Après un bon quart d'heure de photos, nous prenons place sur les canapés, autour de la table basse sur laquelle se trouvent de délicieux amuse-gueules. La soirée de réveillon commence, une des plus belles de l'année. Mon esprit s'égare vers Mary, je me demande comment ça se passe pour elle. Bien qu'elle m'ait assuré que tout se passe bien de son côté, j'espère sincèrement qu'elle ne souffre pas trop. Un premier Noël après tant d'années, ça doit la remuer même si c'est nécessaire, elle doit passer ce premier cap pour continuer à avancer, à renouer avec ses parents.

Tout ira de mieux en mieux pour elle après ça.

Chapitre 38

MARY JONES

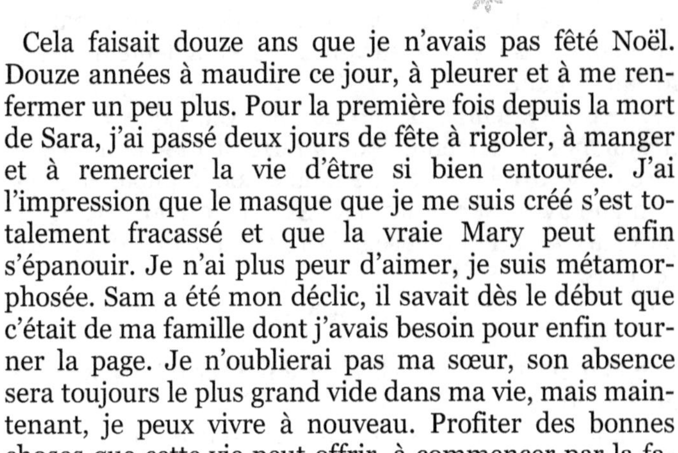

Cela faisait douze ans que je n'avais pas fêté Noël. Douze années à maudire ce jour, à pleurer et à me renfermer un peu plus. Pour la première fois depuis la mort de Sara, j'ai passé deux jours de fête à rigoler, à manger et à remercier la vie d'être si bien entourée. J'ai l'impression que le masque que je me suis créé s'est totalement fracassé et que la vraie Mary peut enfin s'épanouir. Je n'ai plus peur d'aimer, je suis métamorphosée. Sam a été mon déclic, il savait dès le début que c'était de ma famille dont j'avais besoin pour enfin tourner la page. Je n'oublierai pas ma sœur, son absence sera toujours le plus grand vide dans ma vie, mais maintenant, je peux vivre à nouveau. Profiter des bonnes choses que cette vie peut offrir, à commencer par la famille et l'amour.

Le soir du réveillon, nous nous sommes offert nos cadeaux, un moment particulier et qui s'est finalement avéré très agréable. Mes parents ont failli tomber à la renverse quand ils ont ouvert l'enveloppe qui contenait un chèque de quatre millions d'Euros. Ma mère a pleuré à chaudes larmes, mon père en a perdu ses mots. Je leur ai envoyé de beaux chèques au fil des années, mais j'ai pensé qu'avec autant d'argent, je les mettrai à l'abri jusqu'à la fin de leur vie.

J'ai été bien gâtée aussi, de belles chaussures, un collier, des coffrets de parfum et une jolie housse pour ma tablette. J'ai manqué de mots tant ces présents m'ont fait plaisir. Même si certains de mes goûts ont changé au fil du temps, ils ont tapé dans le mile. J'ai promis de revenir le plus souvent possible et leur ai fait promettre de venir me voir à Orkney. Désormais, nous nous imposerons une visite par mois minimum.

Je n'avais pas trop envie de les quitter ce matin, mais j'ai hâte de retrouver Sam, j'ai plein de cadeaux à lui offrir, dont un qu'il n'est pas près d'oublier. Après avoir chargé la voiture de mon père, ils m'ont tous deux conduite à l'aéroport où mon jet m'attendait, comme prévu.

De longues embrassades plus tard, je suis partie, la larme à l'œil. Le trajet en avion sera très court, il n'y a que trois-cents kilomètres entre les deux villes, mais je ne voulais pas les faire en voiture. C'est tellement inconfortable et long !

À peine le temps de fermer les yeux que l'hôtesse m'annonce la descente vers la terre. J'attache ma ceinture de sécurité et patiente tandis que le pilote effectue la manœuvre. Sur le tarmac, Sam m'attend devant un pick-up avec un immense sourire et un petit enfant dans ses bras.

Je m'avance vers lui en souriant :

— Sam !

Je le prends dans mes bras et il me serre fort, heureux de me retrouver :

— Ma chérie ! Je suis content de te retrouver.

Notre étreinte est rapide, il me présente son neveu James qui a tenu à m'accueillir au pied de l'avion. Je me baisse à sa hauteur :

— Bonjour James, je suis contente que tu sois venu me chercher.

— Bonjour.

Il a l'air impressionné, il me sourit timidement et se cache de moitié derrière la jambe de son oncle. Pour le mettre à l'aise, je lui dis :

— Tu sais que j'ai pleins de cadeaux dans mes valises ? Le père Noël en a déposé au pied de mon sapin.

Ses yeux s'emplissent d'étoiles et il s'écrie :

— Quoi ? C'est vrai ? Trop génial ! T'as entendu tonton ? Je vais avoir d'autres cadeaux youpi !

— Qu'il est gentil ce papa Noël, j'espère qu'il n'en a pas trop fait quand même.

Sam me regarde et me fait les gros yeux. Je sais très bien à quoi il fait allusion et je le rassure d'un signe de tête. Mes valises sont chargées, nous voilà partis.

Dans la voiture, James m'énumère tous les cadeaux qu'il a eu et s'impatiente de voir ce que mon père Noël lui a ramené.

— Oh peut-être que c'est un vélo ! Non, il ne rentrerait pas dans la valise. Oh ou peut-être une tablette ! Maman ne veut pas que j'en ai, elle dit que je suis encore trop jeune, et que c'est trop cher.

Il parle sans s'arrêter, ne nous laissant même pas le temps de lui répondre. En tout cas, son excitation prouve qu'il est content, et ça c'est le principal. Pour un premier contact avec la famille de Sam, je suis très satisfaite. Pendant qu'il conduit, Sam pose sa main sur ma cuisse :

— Alors, comment ça s'est passé ?

— Bien, très bien même. Émouvant, mais dans le bon sens du terme. J'ai remis le nez dans les albums de famille, j'ai offert à mes parents une vie confortable et j'ai profité de ces moments merveilleux.

Je souris de toutes mes dents et pose ma main sur la sienne :

— C'est grâce à toi tout ça, tu avais raison c'est de ça dont j'avais besoin. Être avec mes parents à cette date si particulière ça m'a... débloquée. J'ai compris qu'il ne fallait pas que je me morfonde, mais que j'avance. Ma sœur n'aurait pas aimé que je me renferme pendant tout ce temps, elle aurait préféré que j'avance. Et c'est ce que je vais faire maintenant.

— Je suis tellement heureux pour toi, Mary. Tu mérites d'être heureuse et de vivre la vie comme il se doit.

Il prend ma main et la porte à sa bouche pour y déposer un baiser tendre. Ce simple contact éveille tous mes sens, le cœur comme le reste. Il rajoute :

— Tu m'as manqué.

— Toi aussi, mon chéri.

Je porte sa main à ma bouche à mon tour et l'embrasse délicatement, sensuellement :

— Plus que tu ne le crois.

Il me jette un œil, amusé et coquin. Dommage que James soit assis à l'arrière sinon nous aurions fait un arrêt.

Pas le temps d'y penser, Sam reporte son attention sur la route et me dit :

— Voilà on est arrivé, c'est cette maison.

Je regarde dehors. Une grande maison se dresse à notre droite, à quelques mètres seulement. Je ne ressens aucun stress à l'idée de rencontrer la famille de Sam, je suis prête à me présenter sous mon meilleur jour et je suis sûre que le courant passera à merveille. Ma hotte remplie de cadeau peut éventuellement aider aussi.

Nous descendons de la voiture et j'aide Sam avec mes valises, il me taquine :

— Tiens, mademoiselle Jones serait-elle en train de décharger ses valises elle-même ?

— Oh, arrête !

Je lui donne une petite tape sur le bras et rit avec lui. À en croire le monde sur le pas de la porte, je suis attendue.

James court devant nous et je l'entends crier :

— Vous allez voir comme elle est trop belle !

Je souris, gênée par cette arrivée en fanfare. Grâce aux descriptions de Sam, je sais reconnaître ses parents, ses sœurs, son beau-frère ainsi que les enfants. Je me présente d'abord à son père en tendant la main respectueusement :

— Bonjour, monsieur Thompson, enchantée de vous rencontrer.

Il prend ma main et la serre chaleureusement :

— Je suis ravi de vous rencontrer Mary, Sam nous a dit beaucoup de bien à votre sujet.

Je lui souris et m'adresse maintenant à sa mère, une petite femme aux cheveux longs et tressés :

— Bonjour, madame Thompson, je suis enchantée.

Elle prend la main que je lui tends et me dire dans ses bras, reproduisant la même scène que ma mère et Sam :

— Pas de ça entre nous ! Ici on adore les accolades ! Et ne m'appelle pas madame Thompson, ça me vieillit.

Elle recule sa tête et m'offre un magnifique sourire :

— Appelle-moi Viviann.

— Enchantée, Viviann.

Je suis si bien accueillie, ça me fait chaud au cœur. Je n'ai jamais fait ce genre de chose, rencontrer la famille d'un homme. Pour une première, c'est vraiment parfait. Une petite voix à ma droite attire mon attention :

— Bonjour, moi je m'appelle Zoé.

Je me baisse devant la petite brune et lui dis :

— Bonjour Zoé, moi c'est Mary.

— Je peux venir dans tes bras ?

Un peu étonnée par sa demande, j'accepte et la prends. Sa mère, Ana si je ne me trompe pas, me dit :

— Eh bien tu as de la chance, elle est très timide d'habitude. Je suis contente de rencontrer enfin la femme qui fait tourner la tête de mon frère !

Sam intervient :

— Oh, Ana sérieux !

Sa deuxième sœur, Chloé je crois, s'approche et répond à son frère :

— Quoi, t'as honte d'avouer que tu fais que parler d'elle !

Elle s'adresse ensuite à moi :

— Il a passé les fêtes à nous parler de toi, tu lui as manqué je crois.

Ce tableau de famille me fait sourire, ils s'entendent tous à merveille et aiment se taquiner. Chloé est la plus jeune, elle est très jolie avec sa longue chevelure aux reflets blonds. Elle fait à peu près ma taille et semble très sportive au vu de sa silhouette.

Ana quant à elle est un peu plus petite, un peu plus ronde, mais tout aussi belle. Apparemment, la génétique joue en leur faveur dans cette famille. Elle a les cheveux courts et bruns et les trois ont les mêmes yeux.

Quand je reporte mon attention sur Viviann, je comprends d'où leur vient ce beau regard. C'est une femme d'un certain âge, ses longs cheveux argentés sont tressés et un châle est posé sur ses épaules. Elle me propose tout de suite une boisson chaude, que j'accepte avec un grand plaisir.

Nous prenons tous place dans une salle à manger, autour d'une grande table en bois sculpté. Zoé n'a pas quitté mes bras et sa mère la réprimande gentiment :

— Zoé, chérie et si tu laissais Mary respirer un peu ?

— Pas de problème elle ne me dérange pas.

Sam s'assied à côté de moi :

— J'ai mis tes valises dans la chambre.

— Merci, ah mais attends j'ai des cadeaux à vous offrir, vous les voulez maintenant ?

Je m'adresse à la table entière, mais les cris des enfants sont les premiers à retentir :

— OUUUUI !

Zoé quitte mes genoux et saute par terre. Le père de Sam, Arthur, me dit :

— C'est très gentil de votre part, Mary. Merci.

Je me lève en souriant et demande à Sam de m'indiquer le chemin vers la chambre. Nous montons les escaliers, la maison est vraiment jolie. Des meubles en bois prennent place un peu partout et font le charme de cet endroit.

Nous entrons dans la chambre et je m'avance vers les valises quand les deux mains de Sam se posent sur mes hanches. Je me tourne vers lui et passe mes bras autour de son cou. Nos lèvres se retrouvent enfin, nous nous dévorons. La chaleur de son corps pressé contre le mien me donne envie de le jeter sur le lit, là tout de suite.

Mais les cris euphoriques des enfants qui courent mettent fin à ce baiser enflammé. Sam me dit :

— On reprendra ça plus tard.

Je hoche la tête, déjà essoufflée par ce baiser. Je me penche en avant et ouvre la première valise, Sam me dit de sa voix grave :

— Ne te penche pas comme ça, Mary...

Je tourne la tête vers lui, sans changer de position :

— Comment, comme ça ?

Je cambre les reins et explose de rire. J'aime le taquiner et voir la flamme du désir s'allumer dans son regard. Il se mord la lèvre et passe sa main dans sa barbe :

— Putain !

Il s'approche en prenant soin de me contourner et m'aide à sortir les paquets. Je vérifie les étiquettes, j'ai tout.

Nous descendons, les bras chargés. En route pour le déballage de cadeaux. Si j'ai hâte de voir la réaction des enfants, je suis également impatiente de voir celle de Sam. Je lui ai fait plusieurs beaux cadeaux et j'espère qu'il sera content. Je sais combien il est mal à l'aise avec le luxe, mais j'ai quand même tenu à dépenser une belle somme pour lui.

Je crois qu'offrir des cadeaux est devenu ma nouvelle passion, la joie qui se lit sur les visages, c'est juste merveilleux. Avec tout l'argent que j'ai, je devrais faire cela plus souvent.

Pourquoi ne pas trouver un orphelinat ou une association pour dépenser mon argent utilement ?

Chapitre 39

SAM THOMPSON

Tout le monde est assis à table, un paquet devant lui. Mary n'a pas fait les choses à moitié. Comme il est coutume dans ma famille, nous faisons ouvrir les cadeaux au plus jeune d'abord. Zoé hurle et crie de joie quand elle découvre la poupée de ses rêves, celle avec une robe rare si j'en crois ma sœur. Louis découvre un livre relié intitulé « *L'art des échecs* ». James quant à lui reçoit un jeu vidéo haut en couleurs adapté à sa nouvelle console. Je suis impressionné, Mary s'est souvenue de ce que je lui ai dit à propos des enfants.

Une fois les enfants partis de la pièce pour jouer avec leurs cadeaux, Ana et Peter la remercient vivement et Chloé est la prochaine à ouvrir son cadeau. Là encore, ma chère petite amie me prouve qu'elle est très à l'écoute. Elle offre à ma sœur le coffret DVD des cinq saisons de *Breaking Bad*, sa série préférée. Elle s'écrit :

— Oh putain ! Oh putain ! Merci Mary !

Elle se lève, fait le tour de la table et l'enlace, la prenant au dépourvu. Mary semble un peu gênée, mais tellement contente de leur faire plaisir. Elle me montre le coffret et chuchote :

— Garde-la, s'il te plaît !

Nous rions et mon tour vient. Il y a trois paquets devant moi, j'appréhende un peu je dois l'avouer. Je ne suis pas très à l'aise avec tout l'argent qu'elle possède et dépense, j'espère secrètement qu'elle n'aura pas abusé. Le premier paquet révèle une montre, une *Rolex*, magnifique. Entièrement en or, le cadran est noir et les chiffres aussi. Putain. Ma première montre de marque.

— Wow. Mary, c'est un cadeau magnifique.

Tout le monde attend de savoir et je montre le superbe présent qu'elle m'a offert. Mes sœurs ne se gênent pas :

— Putain ! Sacré cadeau oui !

— Je me demande ce qu'il y a dans les autres paquets !

Je secoue la tête en levant les yeux au ciel puis souffle :

— Vous allez arrêter un peu oui !

Elles lèvent les mains en signe de reddition et je poursuis l'ouverture de mes cadeaux. Dans le deuxième paquet, un nouveau téléphone. Je suis étonné par ce choix, j'interroge Mary du regard et elle me dit :

— L'autre jour tu t'es énervé car le tien fonctionnait mal, puis ton écran est fissuré alors...

Elle est tellement mignonne. L'argent n'a pas la même valeur pour elle, pour me payer ce téléphone, je devrais économiser pendant au moins trois mois. Elle, elle a l'argent nécessaire en deux minutes. Je l'embrasse sur la joue et la remercie.

Le troisième paquet est différent, il s'agit d'une enveloppe à mon nom. J'ai peur, j'espère qu'elle ne me fait pas le même genre de chèque qu'à ses parents. Je peux accepter la montre, le téléphone, mais des millions, jamais.

J'ouvre l'enveloppe, anxieux. Mon cœur se remet à battre normalement quand je découvre une carte. Je l'ouvre et lis :

« Bon pour une station de musculation Smith Machine HGX250 dans ta salle de musculation préférée. »

Je souris et la remercie :

— T'es malade tu le sais ça ?

Elle rigole et s'explique :

— Tu as dit que tu rêverais de t'entraîner sur une machine comme celle que j'ai, alors... j'ai fait livrer cinq de ces merveilles dans ta salle.

— C'est tellement... toi. Merci, ma chérie.

Je l'attire vers moi et la serre contre mon torse. Tout le monde semble s'émouvoir de la scène, ils s'écrient en chœur :

— Ohhhhhh.

Sans lâcher ma merveilleuse petite amie, je leur dis :

— Allez, continuons !

Ana et Peter ont un cadeau en commun, ils l'ouvrent ensemble et des larmes viennent perler le coin des yeux de ma sœur. Une petite boîte, que peut-elle contenir pour l'émouvoir à ce point ? Peter prend la boîte, regarde Mary et dit :

— Wow... Ce sont des billets pour une croisière autour des Îles du sud. Mary, c'est vraiment...

Ana le coupe et dit, la voix défaillante :

— C'est vraiment énorme. Tu es tellement gentille ! Tous ces cadeaux, c'est... Merci, Mary !

Elle se lève et vient la prendre dans ses bras. Elle lui murmure un mot à l'oreille dont je ne comprends pas le sens. Mary semble touchée et resserre son étreinte autour de son cou. À voix haute, elle dit :

— Ce n'est rien, Sam m'a parlé un peu de vous, de vos goûts et j'ai eu envie de vous faire plaisir.

Ma mère, restée silencieuse jusqu'à présent lui dit :

— Vous êtes un ange, Mary ! Nous sommes vraiment ravis de vous accueillir dans la famille.

Chloé rajoute :

— Et t'inquiète pas, ce n'est pas juste parce que t'as dépensé tout ce fric pour nous !

Tout le monde rigole et je capture ce moment dans mon esprit. Ça, c'est ma définition du bonheur. Ma mère, qui a le plus gros paquet, déchire l'emballage argenté et porte sa main sur son cœur :

— Mary ! Un robot dernier cri, oh mon dieu !

Ma mère enlève complètement le papier cadeau et nous découvrons tous le carton contenant le robot dont elle nous rebat les oreilles. Bien sûr, il coûte extrêmement cher et elle ne comptait pas se l'offrir, elle se contentait d'en rêver à voix haute.

Je pense que je vais devoir remercier Mary à ma manière pour tout ce qu'elle vient de faire pour ma famille.

Mon père, le dernier à devoir ouvrir son cadeau, se lève et dit :

— Mary, vous nous avez tous gâtés. Je ne saurais vous remercier pour tous ces beaux présents, nous en avons un pour vous aussi.

Ma mère s'éclipse et va chercher au pied du sapin une boîte rouge. Elle la tend à Mary qui la remercie tout en rougissant. Je me lève à mon tour :

— J'en ai un, moi aussi.

Je récupère le paquet à son attention et lui donne. Timidement, elle dit :

— Merci beaucoup, c'est vraiment gentil de votre part à tous. Mais, ouvrez donc le vôtre monsieur Thompson.

— Bap ! Je peux attendre une minute de plus ! Allez-y jeune fille, c'est votre tour.

Je la vois attraper le paquet de ma mère, tremblante. Elle déchire l'emballage et trouve un coffret de dégustation. Ma mère lui dit :

— Oh ce n'est pas grand-chose, des chocolats de la région et quelques sucreries typiques de Palatino.

— Merci mada...Viviann. C'est très gentil j'apprécie beaucoup !

Elle repose le coffret et s'attaque à mon cadeau. J'ai la pression, à côté de ses cadeaux, le mien semble ridicule. Pourtant, il me semblait être une bonne idée sur le moment. Je suis un vrai sentimental putain.

Elle déchire le papier et elle trouve un cadre contenant une photo de nous. Elle porte la main à son cœur, la photo est la seule que nous ayons tous les deux. Elle a été prise lors du repas avec ses employés et je la trouve magnifique. Simple et merveilleuse à la fois. Les larmes montent dans ses yeux :

— Non... Sam, c'est... Merci ! Elle est magnifique, je ne l'ai jamais vue.

— C'est Emma qui la prise, je lui ai demandé et j'ai fait faire le cadre. Regarde le contour.

Elle regarde et cette fois une larme roule sur sa joue, que je m'empresse d'essuyer. Sur le coin en haut à gauche, un M, sur le coin en bas à droite, un S. Tout en argent, il est magnifique et je suis content d'avoir pu trouver un magasin d'objets personnalisables. La voix tremblante, elle dit :

— C'est vraiment parfait, merci, Sam.

Elle m'embrasse tendrement et se blottit contre moi. Je ressens un bonheur incroyable à cet instant précis. J'ai la femme que j'aime auprès de moi ainsi que ma famille. Ma sœur dit :

— Allez, à toi papa !

Il ouvre son paquet et nous montre son contenu, une Rolex. Plus discrète, en argent, les aiguilles sont bleues nuit et le logo de la marque est très discret. Il remercie Mary :

— C'est un magnifique cadeau, Mary, merci beaucoup et bienvenue dans la famille Thompson.

Elle sourit à tout le monde et nous remercie tous. Après le moment déballage de cadeaux, je décide d'inviter Mary à venir se balader avec moi.

Nous enfilons nos manteaux, nos écharpes et sortons. Je crois que le moment est bien choisi pour avoir la discussion à cœur ouvert, la discussion que j'ai hâte d'avoir autant que j'appréhende. Je lui tiens la main et nous commençons à faire le tour du quartier.

Chapitre 40

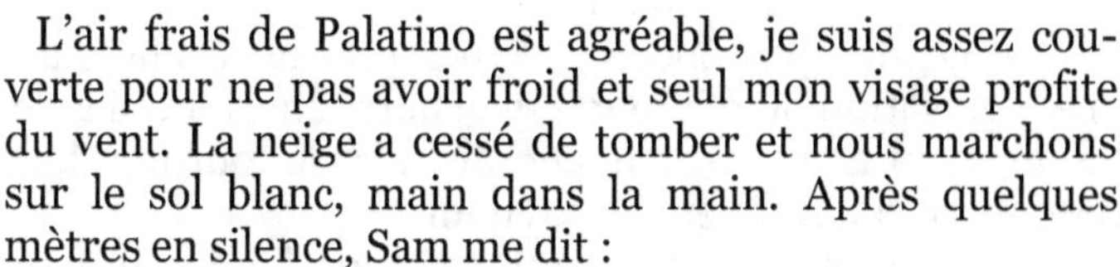

MARY JONES

L'air frais de Palatino est agréable, je suis assez couverte pour ne pas avoir froid et seul mon visage profite du vent. La neige a cessé de tomber et nous marchons sur le sol blanc, main dans la main. Après quelques mètres en silence, Sam me dit :

— Tu sais Mary, ce que tu as fait pour nous...

Je m'arrête et le coupe, je ne suis pas à l'aise avec les remerciements :

— Je l'ai fait avec plaisir, je tenais à les remercier de leur hospitalité. Ce n'est rien.

— Ça compte beaucoup pour moi.

Il me fait face et caresse ma joue de sa main. La fraîcheur de sa peau me saisit une seconde, mais j'apprécie trop ce contact pour m'en plaindre. Il me fixe un instant de ses beaux yeux foncés et murmure :

— Tu es tellement généreuse, tu t'es souvenue de leurs goûts, tu as été attentive. Ce n'est pas rien. Merci, ma chérie.

Je souris et plaque ma joue contre sa main, sans le quitter des yeux, je réponds :

— Je tenais à leur faire plaisir, à te faire plaisir. J'avais un peu peur que tu penses que c'était trop, j'ai été raisonnable pour les enfants, tu as vu ?

— Oui, j'ai vu et je t'en remercie. Leurs cadeaux sont magnifiques Mary. Merci.

— Je l'ai fait avec plaisir et je recommencerai.

Nous reprenons la marche et après quelques secondes de silence, il me demande :

— Comment ça tu recommenceras ?

— J'ai vraiment aimé offrir tous ces présents. Dans l'avion, j'ai repensé aux sourires de mes parents et ça m'a donné envie de donner plus. La joie de ta famille m'a confortée dans cette idée, j'ai vraiment envie de rependre cette joie. J'ai plus d'argent que je ne pourrais en dépenser dans une vie entière, autant en faire profiter les autres.

Nous nous arrêtons de nouveau. Il semble très intrigué par mon nouveau projet :

— Tu comptes faire comment ?

— Je ne sais pas encore, je trouverai un orphelinat, une association ou n'importe quel autre endroit qui aide les gens qui n'ont rien. Je pensais faire le tour une fois rentrée à Orkney, tu en penses quoi ?

— J'en pense que tu es vraiment une femme exceptionnelle Mary Jones. Tu as un grand cœur et je suis très fier de toi.

Il marque une pause pour m'embrasser passionnément. Je suis dingue de cet homme, il m'a fait devenir meilleure, il m'a permis d'évoluer et d'ouvrir mon cœur. Il est tellement important pour moi. Notre baiser prend fin, mais nos visages restent proches. Il colle son front contre le mien :

— Je ne pensais pas m'attacher aussi vite, je ne pensais pas que tout irait si vite entre nous. J'avais promis à ma sœur de protéger mon cœur et de ne laisser personne le briser à nouveau, mais... Je n'ai pas eu le temps. Je suis dingue de toi Mary. Tu me rends si heureux, t'as pas idée.

— Si, je crois que j'en ai une petite idée. Tu en fais de même pour moi Sam. Plus encore, tu m'as aidée à devenir meilleure, c'est grâce à toi que j'ai récupéré l'usage de mon cœur. C'est grâce à toi que j'ai renoué avec mes parents, que je vis à nouveau.

— Toute cette bonté était déjà là, je n'ai fait que t'aider à t'en rendre compte.

Je fais la moue, nous nous renvoyons la balle et je sais qu'il n'admettra pas qu'il est le seul responsable de tout cet amour qui m'irradie.

Nous marchons à nouveau dans les rues désertes et silencieuses de Palatino. Je repense à ce qu'il m'a dit, une phrase retient mon attention, je lui demande :

— On t'a brisé le cœur Sam ?

— Oui, Mary.

Il fixe un point devant lui et poursuit sa marche, j'ai envie d'en savoir plus. Je ne sais pas s'il acceptera de se livrer, je ne sais pas si c'est raisonnable de lui poser des questions, mais je me lance :

— Que s'est-il passé ?

Il s'arrête et se tourne face à moi :

— Si tu souhaites qu'on en parle, nous devrions nous asseoir.

Il montre du bout du nez un petit parc derrière moi, je ne l'avais même pas remarqué. Nous avançons et rejoignons un kiosque enneigé. Les barrières sont en bois blanc, le toit en ardoise et une guirlande lumineuse entoure chacun des huit piliers, tout ce qu'il y a de plus romantique.

Nous prenons place sur le banc à l'abri de la neige et Sam me prend la main :

— Quand j'étais plus jeune, je suis tombé amoureux d'une femme, Lola. Nous avons vécu une histoire d'amour, à sens unique.

— Qu'est-ce que tu veux dire ?

— Je vais t'expliquer. Je me pliais en quatre pour cette fille, j'en étais follement amoureux. Je lui donnais tout et je recevais peu. Le temps passait, je m'enfonçais dans l'amour, sans me rendre compte qu'elle n'avait pas les mêmes attentes. Je lui ai proposé qu'on emménage ensemble, elle a refusé. Ma sœur m'avait prévenu, il y avait quelque chose qui clochait, mais je ne l'ai pas écouté. Elle m'avait donné de bonnes excuses et j'y croyais. Après un an et demi, j'ai sorti le grand jeu. J'ai claqué presque un salaire entier dans une soirée romantique.

Il m'explique comment on lui a brisé le cœur, mais ne semble pas peiné par son histoire. Je suis rassurée, s'il arrive à me parler aussi facilement, ça veut dire qu'il a tourné la page, que son cœur est complètement réparé. Tant mieux. Je l'écoute en caressant sa main :

— Fleurs, restaurant gastronomique, costume et hôtel réputé, tout ce qu'il faut pour faire sa demande.

Mon cœur manque un battement :

— T'as été fiancé ?

— Non, elle a refusé. Elle a évoqué tout un tas de raisons sans aucun sens, mais j'y ai cru. Elle a brisé mon cœur une première fois ce jour-là. Mais nous sommes restés ensemble, son refus ne signifiait pas la fin de notre relation. J'ai pris conseil auprès d'Ana et grâce à elle, je suis allé chercher des explications chez Lola dès le lendemain. Je suis tombé nez à nez avec son amant, ou son mec officiel je ne sais pas. Ils ne portaient que des serviettes et sortaient visiblement d'une douche assez chaude. J'ai collé mon poing dans la gueule du mec et je suis parti sans jamais me retourner. Elle a brisé mon cœur une seconde fois. Et je me suis juré de ne jamais laisser personne me refaire du mal.

Je n'arrive pas à en croire mes oreilles. Sam est tellement gentil, attentionné et beau, qui pourrait trouver mieux ? Même si c'est du passé, je suis en colère contre cette nana. L'imaginer souffrir à cause d'elle me fait mal au cœur, c'est horrible. Il n'a pas l'air triste, il n'a pas l'air en colère, il est simplement calme et me raconte l'histoire avec beaucoup de détachement.

Je suis curieuse de savoir comment il s'en est remis aussi bien :

— T'as recollé les morceaux tout seul ?

— Oui, j'étais mal pendant un temps. Puis, j'ai rebondi. Je suis devenu disons... plus sélectif. Je ne tenais pas à remettre mon cœur fraîchement réparé entre de mauvaises mains.

Son visage me fait face, sa main est désormais sur ma joue et caresse lentement ma peau. Je ferme les yeux une seconde et apprécie ce toucher si agréable. Je comprends alors pourquoi il a refusé mes avances lors de notre première rencontre :

— C'est pour ça que tu n'as pas apprécié la façon dont je t'ai abordé la première fois ?

Il rigole bruyamment et me dit :

— En partie. Je ne suis pas à l'aise avec le fait de coucher avec une femme sans rien construire derrière. Les coups d'un soir, ce n'est pas pour moi.

— Hmm, je vois. Pourquoi t'as accepté de me revoir ? J'ai été hautaine et insupportable avec toi...

— Je ne sais pas, quelque chose en toi m'intriguait. Je crois que j'ai compris tout de suite que tu te cachais derrière une carapace et que la personne en dessous méritait mon attention.

Je baisse la tête, il m'a cernée, il a su qui j'étais vraiment avant que moi-même je m'en rende compte. Alors que j'étais encore la Mary autoritaire, hautaine et exigeante. La neige se remet doucement à tomber, c'est tellement romantique. Il relève mon menton de sa main et me dit :

— Je ne suis pas déçu Mary. Je n'ai pas de mots pour te décrire tellement tu es incroyable. Tu es généreuse, gentille, attentionnée, sensible et tellement belle. Je suis vraiment reconnaissant que tu sois entrée dans ma vie.

Ses compliments me font sourire, une larme perle au coin de mon œil. Il n'a pas tort, je suis extrêmement sensible depuis quelques temps. Mes yeux plantés dans les siens, je dis :

— Personne ne m'a jamais vue comme tu me vois Sam. Tu fais de moi une personne meilleure, tu as réussi à me faire affronter mon passé et grâce à toi je suis prête à aller de l'avant. Mon cœur s'est remis à battre et à fonctionner correctement. Je ne te remercierai jamais assez pour ça.

Le moment est propice à la déclaration, la grande déclaration qui m'effrayait tant il y a quelques jours de ça. Je redoutais ce moment, celui où je devrais me livrer sur mes sentiments, mais maintenant que j'y suis, je n'ai plus peur. Je suis apaisée, je suis là où je dois être, avec la personne qui m'est destinée.

Je pose ma main sur sa joue, je caresse sa barbe et l'embrasse avec tout l'amour qui m'anime. Ce baiser me donne la dernière petite dose de courage dont j'ai besoin pour dire les mots qui ne demandent qu'à sortir. Notre relation est récente, je m'aventure peut-être trop vite, mais je le ressens si fort que je ne peux m'empêcher de lui faire savoir. Je n'ai même pas peur de la suite, même s'il ne me répond pas, ce qui compte c'est que moi je lui dise.

Je colle mon front au sien, une courte seconde, je replonge mon regard clair dans le sien et murmure contre ses lèvres :

— Je t'aime Sam.

FIN

— Je t'aime aussi Mary.

Vous avez aimé votre lecture ?

Laissez 5 étoiles et un joli commentaire pour motiver d'autres lecteurs.
(Et soutenir une auteure qui vous offrira sa reconnaissance éternelle !)

Vous n'avez pas aimé ?

Venez me faire part de vos remarques.
J'adore échanger avec mes lecteurs et je réponds à tous les messages !

Lily

BIOGRAPHIE DE L'AUTEURE :

Je m'appelle Lily Padioleau, j'ai 27 ans et je suis une auteure-épouse-maman.

Trois rôles que j'adore remplir, trois rôles qui me remplissent !

J'ai toujours aimé les mots, les manier, les assembler et tenter de faire ressortir leurs meilleurs côtés. J'écris avec le cœur, je me laisse porter par mes idées et tente toujours de rester fidèle à moi-même.

Je suis un brin déjantée (un brin ?!), je suis sincère dans mes écrits et toujours droite dans mes pompes. J'aime changer d'univers au gré de mes envies. Jusqu'à présent, je suis passée de la romance à la dark romance ; de la romance de Noël à l'horreur et également du drame psychologique à l'humour.

Autant dire que je n'ai aucune limite, aucune barrière et aucun fil conducteur. Vous ne me retrouverez jamais enfermée dans un moule, je les préfère avec des frites !

Êtes-vous prêts à rentrer dans mon univers ?

N'hésitez pas à me retrouver sur Instagram, **@lily.padioleau.auteure**, je suis toujours disponible pour échanger avec mes lecteurs !

Lily Padioleau